《欧洲民间故事》

※ 导读 ※

OUZHOU MINJIAN GUSHI DAODU

一 起 去 探 寻 阅 读 的 世 界 !

名著导读

☆ 文学背景

民间故事是民间文学的重要题材之一，是由劳动人民创作，并且大多是通过人们口头传播开来的。各个地区的民间故事尽管表现出一定的地域差异、文化差异、生活差异，但是，文学是没有国界的，它们都是人类智慧和经验的结晶，无论中外民间故事，都拥有同一个不变的主题，那就是人们对美好人性的赞美，对幸福生活的向往。

欧洲民间故事与其他地区的民间故事一样，通常浅显易懂，但是寓意深刻。它们扎根于其创作时代的实际生活，以幻想故事、动物故事、世俗故事、民间寓言、民间笑话等为表现形式，承载着一定的历史知识和民族情感，在培养人们的民族团结情感上发挥着重要的作用；故事中所呈现的真、善、美观念，所展示的反抗压迫和剥削的斗争精神，指引着人们追求高尚的情操和品格，鼓舞着一代又一代的人为了美好生活而抗争。

☆ 内容梗概

《欧洲民间故事》收录了欧洲多个国家和地区的民间故事，如波兰、德国、英国、罗马尼亚、匈牙利等，不同国家和民族的民间故事让我们体会了不同的文化特色，充满趣味性的同时还使我们增长了见识。书中有对贪婪、吝啬之人的讽刺，如《醋罐里的夫妻》《傻洪扎》。有对历经磨难最终取得胜利的主人公的颂扬，如《格雷乌恰努》《金苹果》。这些朴实无华的文字都蕴含着丰富的人生哲理。一个个精彩纷呈的故事，无不寄托着人们对正义和善良的向往，对幸福的追求，值得我们细细品读。

⭐ 作品影响

《欧洲民间故事》内容包罗万象，情节扣人心弦，文字朴实无华却寓意深刻，给人启迪。书中汇集了许多在欧洲民间传诵着的精彩而有趣的传奇故事，跟随故事中的主人公，我们能够细细领略古老的欧洲文化，体会不同地区的人民相通的生活智慧和朴素纯真的美好愿望。

⭐ 角色橱窗

角色：金

身份：匈牙利公主，匈牙利国王贝拉四世的女儿，公爵夫人

性格特征：博爱、真诚、善良

故事：金在嫁去波兰之前，为了让波兰人民也吃到细白的盐，便向她的父王提出想拥有一个盐矿，并将一枚镶着红宝石的金戒指投进了马尔漠龙什斯卡盐矿的一个矿井中，以示这个矿井为她所有。金带着足够多的白盐嫁去了波兰。

结局：身处波兰的公爵夫人金在去参观博赫尼亚盐矿时，竟然发现了自己曾经投进匈牙利土地上的马尔漠龙什斯卡盐矿的那枚红宝石金戒指。

角色：小王子

身份：为父亲找到药苹果的国王的小儿子

性格特征：富有同情心、善良、坚定

故事：为了延长自己的寿命，国王安排三个儿子去为自己寻找药苹果。大王子和二王子因为没有听从乞丐的劝告，不仅没有拿到药苹果，还变成了两只乌鸦。善良的小王子则牢记乞丐的话，最终成功拿到了药苹果。

结局：国王吃了药苹果后恢复了健康；小王子将两个变成乌鸦的哥哥重新变成了人；小王子成了王位继承人。

角色：格雷鸟恰努

身份：一名勇士

性格特征：勇敢、机智

故事：格雷鸟恰努应征了皇帝发布的任务，带着弟弟踏上了从妖怪手中夺回太阳和月亮的征程。带着铁匠所给的办法，格雷鸟恰努找到了妖怪的住处，与妖怪们展开了生死搏斗，成功打败了妖怪们，将太阳和月亮放回到了天上。完成使命的格雷鸟恰努带着弟弟在返回的途中遇到了重重阻挠，历经各种磨难，多亏格雷鸟恰努的机智才一一化解。当格雷鸟恰努总算走到了皇帝面前时，却发现自己的功劳被一个狡猾的大臣窃取了。

结局：格雷鸟恰努向皇帝揭露了真相，皇帝将那个狡猾的大臣驱逐出了帝国；皇帝履行承诺，让格雷鸟恰努与他的女儿结了婚。

角色：伊凡乔

身份：陶器师傅的儿子

性格特征：聪明有胆识、善良且大方

故事：伊凡乔带着父亲的嘱托，赶着马车来到一个贫穷的乡村卖陶器，他用陶器、马车和马换了一堆百年陈肥，并且把这堆肥免费送给了需要它的穷人。没想到，最后竟然从这堆肥的底下找到了一个装满金币的银罐子。伊凡乔将银罐子留给村公所，贪心的村长和乡丁竟想抢走伊凡乔的金币。村长安排九个乡丁去杀死伊凡乔，一无所知的伊凡乔在回家的路上遇见了一个带着一把板斧的骑士，他们一拍而合决定同行。

结局：在板斧骑士的护送下，伊凡乔躲过了乡丁、贪婪国王的谋害，带着新婚的妻子顺利回到了家里。

经典详解

寒冷的冬夜，外面月光下的一切都被冰雪覆盖，而宫殿里宽敞的房中炉火正旺。壁炉前面，博尔科公爵坐在一张铺了熊皮的槲树木矮凳上，望着红色的火焰。离他不远的地方，两位尊贵的夫人坐在雕花靠背的舒适的椅子上。她们身穿拖地长裙，头上罩着柔软的白纱巾，纱巾披到肩头，像框子似的围住她们的面庞。她们的额头上戴着纤细的、黄金镂刻的发箍，发箍上还饰有晶莹的珍珠和蓝宝石。这些发箍是最著名的金银首饰匠人的作品。为了表明两位贵妇人的皇家身份，她们手上戴有同样美丽的戒指。此时，她们的双手都在忙碌着。她们之中，一个在纺细毛线，另一个正在绣花。两位贵妇人各自在忙自己的活计，都没说话。还是其中年轻的那位——博尔科公爵的姐姐，黑眼睛的莎罗美公爵小姐首先开了口。她来看望母亲格日米·斯瓦娃公爵夫人，也是为了向她介绍匈牙利公主，谈谈她的美丽、善良和聪慧。

——《小戒指》

阅/读/赏/析

文段中采用了室内室外环境对比的写法，以外面的冰天雪地，突显了室内的温暖、舒适。文段还对博尔科公爵的母亲和姐姐作了十分细致入微的外貌描写，旨在表现两位贵妇人身份的尊贵，也将她们的形象生动地呈现在读者的眼前。

小伙子杀死了蛇，敲门叫醒了新婚夫妇，把他们带出了王宫。在国王醒来之前，他们赶到了旅馆，取出了褡裢，骑上马向森林疾驰而去。公主同伊凡乔骑在同一匹马上，紧张得像风吹树叶那样战栗着，伊凡乔在她耳边低低地说："有我忠诚的伙伴同我们在一起，你不用害怕！"

他们在森林和山野里奔驰了七天七夜，终于到达了伊凡乔的家乡。在进入村子之前，伊凡乔的同伴勒住马说："我就送你们到这儿了。你们回到陶器父亲的家里去吧！希望你们幸福地生活和堂堂正正地做人。再见吧！"

"我的好兄弟，请告诉我，你究竟是什么人？是谁派你一路上保护我的？"伊凡乔问道。

"我是人民的仆人，是我的母亲派我来保护你的，因为你给穷人做了好事。"

"请问你的母亲尊姓大名？"

"她叫穷人的正义。"说完这句话他就转身走了，并且很快消失得无影无踪。

"一个多好的人！"伊凡乔说。他带着公主，向陶器作坊策马而行，顺利地回到了家里。

——《穷人的正义》

⭐ 好词佳句

1. 好词

耸立 山麓 丰收 菜肴 戏谑 亭亭玉立 耕耘 左顾右盼 大步流星 陷阱

破晓 称心 兴致勃勃 成家立业 哭诉 患难之交 喜气洋洋 孤零零 沮丧

裁决 泛滥 一毛不拔 鳞次栉比 庆幸 抓耳挠腮 罕见 冰天雪地 吉星高照

一意孤行 光顾 言归于好 五体投地 直率 傲慢 绿油油 痊愈 虎视眈眈

黑魆魆 隐隐约约 抱头鼠窜 无地自容 赡养 威震四方 忧心忡忡 口出狂言

企图 含糊其词 按部就班 赦免 善罢甘休 左思右想 勃然大怒 喜出望外

从容不迫 举世无双 惦记 大言不惭 夸夸其谈 款待 兴高采烈 堂堂正正

财大气粗 马不停蹄 狭路相逢 不可一世 盈车满载 眉开眼笑 内行 诡计

2. 佳句摘录

① 维斯瓦活泼地沿着石头缝隙流，无忧无虑，哗哗地流，汩汩地淌。她流过幽暗的密林，流过明亮的幼树林，流过碧绿的田野和百花齐放的牧场……

——《维斯瓦河的故事》

② 森林和田野突然都从她眼前消失了，她闻到一股奇怪的咸味，一种从北方飘来的、她从未接触过的气味。她的头顶上方是灰色的天空，她的眼前是灰色的、一眼望不到边的、与天相连的、白浪翻滚的水，那是大海。

——《维斯瓦河的故事》

③他话音刚落，山间刮来一阵风，风越刮越大，一直刮到湖上，平静的湖面顿时巨浪滔天。暴雨随之而来，风越刮越猛，雨越下越急，汹涌的湖水顷刻间就把整个城堡包围起来；巨浪一个接一个地猛烈拍打着城门

和城墙，很快，那又高又厚的城墙被冲开一个豁口，洪水沿着豁口涌进了这座高楼鳞次栉比的城市。

——《泛滥的斯莫湖水》

④ 一场罕见的大雪袭击了法恩带尔地区，厚厚的积雪覆盖了荒野上的一切。寒风吹过，雪堆上升起薄雾般的蓝白色涡流。峡谷堵塞，河流结冰，白色的死神悄悄降临约克郡。冰天雪地里，似乎一切生命都已消失，但是农场上的情景却略为不同，那儿的人们必须照料牲畜，熬过漫长寒冷的冬季，直至春风再次吹拂大地。

——《小精灵》

☆感想天地

《欧洲民间故事》读后感 1

《欧洲民间故事》是我十分喜欢的一本书，书中有许多有趣的故事，其中的许多主人公都让我敬佩，比如《丢失的小男孩》里善良的小女儿，《聪明的佃农女儿》里聪慧的佃农女儿，《金苹果》中勇敢的小王子普列斯列亚……主人公们的善良、勇敢、执着让我深深地体会到，只有带着真诚、善良的心去对待他人，这个世界才会越来越美好。

就像《放牧一千只兔子的牧人》中的伏舍米鸟，尽管包袱里的食物连他自己都不舍得吃，但是当看见比自己更需要的老人时，他便毫不犹豫就送给了对方，并且丝毫没有想要得到什么回报。正是伏舍米鸟的善良大方，才为他带来了幸运的未来，让他在面对守城官的刁难时，都能顺利渡过难关，最终获得了圆满的结局。

不同于神话传说中主人公的奇幻机遇，本书的故事大多在讲述普通人的故事，这些故事中的主人公通常与我们有着类似的特征，尽管有的身怀绝技，有的距离我们生活的时代比较久远，但都有着常人的感情和思想，因而显得平易近人。

书中一个个或长或短的故事，引领着我们来到不同的地域、时代、跟随主人公体验一次次或有趣或惊险或深刻的境遇。当故事落下帷幕，正直善良、勇敢机智的主人公总能得到美满的结局。读完故事的我们在为他们感到高兴的同时，也收获了很多。这些故事既增长了我们的见识，也使我们被主人公的美好品质和崇高精神所感染，这些都将变成我们人生道路上的珍贵精神养分，让我们健康向上地成长。

《欧洲民间故事》读后感2

这个月，我读了《欧洲民间故事》，这本书让我体会到欧洲不同国家和地区的文化特色，增长见识的同时，书中的故事也给了我许多启迪。

在这本书中，我认识了富有同情心、善良且坚定的小王子。他是国王三个儿子中最小的一个。为了延长父亲的寿命，大王子和二王子不情愿地踏上了找寻药苹果的道路，却因为没有听从乞丐的劝告，变成了乌鸦。而小王子不惧艰险，牢记乞丐的话，最终成功拿到药苹果，帮助国王恢复健康。他的机智勇敢令我敬佩。

书中还有聪明有胆识的伊凡乔。伊凡乔是陶器师傅的儿子，他来到贫穷的乡村卖陶器，用陶器、马和马车换了一堆百年陈肥，并且把它送给了有需要的人。却因为肥堆下发现的装满金币的银罐子，遭到了贪心的村长和乡丁的追杀。好在有板斧骑士的护送，最终伊凡乔和新婚妻子顺利回家。故事的最后，谜一样的板斧骑士的身份被揭开——他是人民的仆人，从穷人的正义中诞生。这不禁让我更加坚信：正义从来不会缺席，坚持正义的人，会收获平安与幸福。

虽然我已经读完了这本书，但是书中那一个个善良、坚强的主人公总是浮现在我的眼前。他们身上的美好而珍贵的品质，在我的成长道路上指引了方向，让我时刻提醒自己，无论身处什么样的环境，遇到什么样的情况，都要怀有一颗善良、正直的心，去面对人生中未知的挑战。

练习加油站

基础提升

1. 给下面加点的汉字注音。

管辖（　　）　　缝隙（　　）　　派遣（　　）

叮嘱（　　）　　抛锚（　　）　　佃户（　　）

奶酪（　　）　　煅烧（　　）　　嫉妒（　　）

2. 比一比，再组词。

牧（　）　　恃（　）　　唤（　）

牡（　）　　持（　）　　焕（　）

帕（　）　　桶（　）　　稍（　）

柏（　）　　涌（　）　　梢（　）

3. 解释下面的词语。

积蓄：_____

作威作福：_____

阔绰：_____

4. 选择合适的词语填空。

　　陌生　华丽　傲慢　舒适　幸运

（1）如果这座城市和它的市民不是那么（　　）、那么不好客的话，那么太阳也会晒干它周围的洪水的。

（2）而这时，愚人村的渔夫们回到了村里，还在为他们（　　）地遇到这位青年而庆贺不已。

（3）小溪、小河没有勇气独自往（　　）的地方流，便纷纷和她联合在一起。

（4）妻子对那些（　　）的服饰、（　　）的生活，简直看也看不够。她对丈夫说："我们也要住进城里。"

内容回顾

1. 填空题。

（1）《小精灵》中，第一代的农场主乔纳森的妻子给帮助农场的小精灵的报酬是_____。

（2）《金苹果》中的小王子普列斯列亚下到深渊后，进入的第一座宫殿是_____。

（3）《头长鲜花的人》中，众神之王送给王子的_____在宴会上向大家叙述了王子的不幸遭遇。

2. 选择题。

（1）《放一千只兔子的牧人》中伏舍米乌从第二个老头儿那里获得了（　　）。

　A. 笛子　　　　　B. 棍子　　　　　C. 鞭子　　　　　D. 兔子

（2）牧鹅少年马季长大后曾经三次变化身份给予德布勒格老爷惩罚，其中（　　）不在这三个身份中。

　A. 车夫　　　　　B. 马贩子　　　　C. 医生　　　　　D. 木匠

3.想一想，回答下面的问题。

（1）《农夫与大学生》中，三个大学生为什么想要买农夫的破帽子？

_____

_____

_____

（2）《诚实最长久》中的哥哥来到岛上的一个国家，国王请他吃饭时，为什么王宫餐桌上所有的饭菜都用东西盖住，并且每个盘子旁边还放着一把稻草？

_____

_____

_____

（3）《第十二个人》中的十二个渔夫准备回家时，为什么他们会发现少了一个人？

_____

_____

_____

阅读理解

金苹果

皇帝的儿子守了整整一个星期，夜里看守，白天休息。这一天早晨，他忧心忡忡地来到他父亲那里说，自己一直守着金苹果树，后来被一阵使他再也抵挡不住的睡意压倒了，直到日上三竿的时候才醒来。等他抬头一看，苹果全没了。

当听到这个消息的时候，皇帝的难过心情是无法用语言来形容的。

二儿子恳求父亲让他去看守，说他一定能抓住那个惹他爸爸生气的小偷，皇帝只好答应了。

苹果成熟的季节又到了。这时，皇帝的二儿子去看守了，可是，他看守的结果也和他大哥一样。

失望的父亲想把苹果树砍了，但是，他的小儿子普列斯列亚请求道："爸爸，您培育这棵树花了好多年，为它忍受了那么多不幸，我请求您再把它留一年，我也想试试我的运气。"皇帝答应了他的请求。

春天来了，果树开的花更漂亮了，结的果子也比以往更多。普列斯列亚经常到花园去，每当围着果树转的时候，他都在想计策。苹果成熟后，天一黑，他就带着书、两根尖桩、弓和一袋箭到花园里去了。他在果树旁边的一个角落里找了一个地方埋伏起来，把两根尖桩插在地里，一根插在他的前面，一根插在他的背后。如果他的睡意来了想打瞌睡，前面那根尖桩就会扎着他的下巴；要是往后仰呢，后面那根尖桩就会扎着他的脖子。

普列斯列亚就这样一直守着。有一天夜里，大概是半夜以后吧，他感到一阵微风吹过，夹杂着令人心旷神怡的芳香，使他陶醉，一阵令人感到困乏的瞌睡使他闭上了眼睛。但是，那两根尖桩把他扎醒了，他又继续监视着。黎明的时候，他听到花园里有一阵轻微的窸窣声。这时，他的眼睛死死地盯着那棵果树，他拿起弓，做好了射击的准备。窸窣声越来越大，只见一个人靠近了果树，伸手抓住了树枝。这时，普列斯列亚射了一箭，接着又射了一箭，当他射第三箭的时候，便听到果树旁边发出一阵呻吟声，随后便是死一般的沉寂，小偷负伤逃走了。

1. 选择题。

（1）下列近义词搭配不正确的一组是（　　）

　　A. 计策——阴谋

　　B. 埋伏——隐藏

　　C. 心旷神怡——赏心悦目

　　D. 沉寂——沉静

（2）普列斯列亚为了看守金苹果，没有准备（　　）。

　　A. 弓和箭　　　　　B. 匕首　　　　C. 尖桩　　　　D. 书

2. 简答题。

（1）偷金苹果的小偷是如何在大王子的看守下成功偷到金苹果的？

_____

_____

_____

（2）普列斯列亚是怎样防止自己打瞌睡的？

_____

_____

_____

（3）和他的两个哥哥相比，你认为普列斯列亚有什么过人的特点？

_____

_____

_____

基础提升

1. xiá   xì   qiǎn

   zhǔ   máo   diàn

   lào   duàn   jí

2. 牧场   自恃   呼唤

   牡丹   坚持   焕发

   手帕   木桶   稍等

   柏树   汹涌   树梢

3. 积蓄：积存；积存的钱。

   作威作福：原指统治者擅行赏罚，独揽威权，后来指妄自尊大，
   滥用权势。

   阔绰：排场大，生活奢侈。

4.（1）傲慢 （2）幸运 （3）陌生 （4）华丽　舒适

内容回顾

1.（1）每天一碗最好吃的奶酪 （2）用铜建造的宫殿 （3）一对鸽子

2.（1）C　　（2）A

3.（1）因为三个大学生以为农夫的破帽子是一顶如意帽，只要转动帽子，酒账就能马上付清。

（2）因为这个国家的老鼠泛滥成灾，还不怕人，只要闻到饭菜的味道，老鼠就会蜂拥而至并跳上餐桌将饭菜吃光，所以餐桌上的人准备了稻草以便将老鼠赶走。

（3）因为他们在数人数的时候都忘记了数自己，所以大家都认为少了一个人。

阅读理解

1.（1）A

（2）B

2.（1）小偷在大王子守护金苹果时放出来一阵能够使人陷入沉睡的香味，大王子闻了这种香味以后便睡着了，小偷于是便顺利地将金苹果偷走了。

（2）普列斯列亚把两根尖桩插在地里，一根插在他的前面，一根插在他的背后。如果他的睡意来了想打瞌睡，前面那根尖桩就会扎着他的下巴；要是往后仰呢，后面那根尖桩就会扎着他的脖子。

（3）聪明、有智慧。（言之成理即可）

欧洲民间故事

OUZHOU MINJIAN GUSHI

三个新朋友带着我们一起去探寻
阅读的世界……

晓月

星座: 天秤座

人物介绍: 活泼可爱, 古灵精怪。喜欢阅读和画画, 爱美的小女生。

晓新

星座: 天秤座

人物介绍: 自信聪明, 阳光帅气。喜欢阅读和乐高。

黑小喵

人物介绍: 晓月、晓新的宠物猫, 能够在他们遇到困难的时候帮助他们, 并时刻跟随他们。

偷金苹果的小偷是如何在大王子的看守下成功偷到金苹果的？

《农夫与大学生》中，三个大学生为什么想要买农夫的破帽子？

《第十二个人》中的十二个渔夫准备回家时，为什么他们会发现少了一个人？

! 附赠导读小册子，快去找找看吧！

欧洲民间故事

OUZHOU MINJIAN GUSHI

欧洲民间故事

OUZHOU MINJIAN GUSHI

靳瑞刚——编

伍剑——评注

长江出版传媒 崇文书局

目录 | CONTENTS

欧洲民间故事

OUZHOU MINJIAN GUSHI

开 始 我 们 的 旅 程

欧洲民间故事

OUZHOU MINJIAN GUSHI

欧洲民间故事 OUZHOU MINJIAN GUSHI

波兰民间故事

阅读小贴士

波兰人民如同世界各国人民一样，有自己源远流长的创作。民间故事、民歌、民谣等由群众口头创作，口头传播，并代代相传，它们直接反映了劳动人民的心声、愿望、要求和智慧，表达了劳动人民的思想、感情和意志，并在不同程度上反映了波兰不同时代的文化发展与生活风貌，体现了波兰人民的民族精神。

维斯瓦河的故事

在高高的山顶上，耸立着整条山脉的统治者贝斯基德王的古老王宫。贝斯基德王的王后博拉娜也是附近森林的统治者，许多年来，他们二人的统治非常英明，也非常公正。因此，当听到贝斯基德王去世的消息，大家都很伤心。

博拉娜王后唤来他们的三个孩子，根据国王的旨意，让他们分掌政权。

"兰，你作为长子，将管辖这些田地和牧场。而你们两个，黑公主和白公主，你们要把山溪的水引到兰的田地和牧场，让一切有生命的东西都有足够的水源。"

活泼开朗的白公主朝姐姐微微一笑，边跳着舞，边沿着岩石，朝在雾中朦胧闪现的盆地^①跑去。

①盆地：被山或高地围绕的平地。

端庄、忧郁的黑公主朝山的另一边走去，小心翼翼地顺坡而下。不久，姐妹俩便在山麓相会了。

"我们一块儿往前流！"白公主高兴地喊。

"我们永远都不再分开！"黑公主保证说。

忽然，一块岩石挡住了她们的去路，岩石下，身穿石甲胄的骑士昌多尔在等着她们。

"你们停一停，贝斯基德和博拉娜美丽的公主们。你们这样匆忙，要往哪里去？你们何必要到那陌生的、远离人烟的野蛮的地方去？留在这儿吧。"

姐妹俩喜欢昌多尔的土地，于是她们留下了。为感谢骑士的招待，她们用溪水灌溉盆地的庄稼，也让百花竞开，群芳争艳，任何人都不曾见过这样的美景。

但是土地却命令昌多尔放贝斯基德王的女儿通过岩石，让她们把水带向北方。

"我不放心让你们往陌生的地方流。不过，你们可以先派个浪头去侦察下，"他建议说，"让她去看看，再回来说说，她看见了什么。"昌多尔搬开了岩石，第一个浪头穿流而过，她胆战心惊，犹犹豫豫，不知等待她的是什么。

"去吧，浪头，你既然出来了，"姐妹俩向她告别说，"一直向前走，尽快回来，带回关于那边森林、牧场和田野的消息……"

"去吧——维斯瓦。"她们是这样称呼从两条连在一起的河流中产生的那个浪头的。于是，维斯瓦便穿过岩石缝隙流走了。

维斯瓦活泼地沿着石头缝隙流，无忧无虑，哗哗地流，汩汩地淌。她流过幽暗的密林，流过明亮的幼树林，流过碧绿的田野和百花齐放的牧场……

当她从瓦维尔岩石旁流过的时候，躲在岩石洞里的一头可怕的怪物——一条喷火的龙突然向她扑来。她吓了一大跳，连忙将水泡溅到它的眼睛里。瞎了眼的龙嗞嗞叫，冒着烟，在洞里躲了一会儿，等它出来时，维斯瓦已经走远了。现在她穿过丰收的土地向北流，一会儿向右拐，一会儿向左拐，为的是尽量能看到更多的地方，用自己的水灌溉更多的田地。

小溪、小河没有勇气独自往陌生的地方流，便纷纷和她联合在一起。她越流越慢，越流越宽，把自己因长途奔波而疲乏了的水铺展开来。

"该回头了。"她不时这样想，但好奇心总是推动她向前流去。

森林和田野突然都从她眼前消失了，她闻到一股奇怪的咸味，一种从北方飘来的、她从未接触过的气味。她的头顶上方是灰色的天空，她的眼前是灰色的、一眼望不到边的、与天相连的、白浪翻滚的水，那是大海。

巨大的涛声淹没了她汩汩的低唱，有一股力量在吸引着她。维斯瓦，从远方贝斯基德山上流出来的第一个浪头，同海浪连成了一体。

黑公主和白公主徒然地等待维斯瓦回去。她们派出一个又一个浪头去找她。然而，所有派出的浪头都沿着维斯瓦的足迹流走了，在经过长途奔波之后，所有的浪头都消失在了波罗的海咸味的水中。

这些不断流来的浪头汇聚成了一条大河，她已经不再是"维斯瓦"，而是由维斯瓦分出的两姐妹，叫黑小维斯瓦河和白小维斯瓦河。

欧洲民间故事
OUZHOU MINJIAN GUSHI

小戒指

　　这简直像是神话里的婚礼，主人公是年轻英俊的公爵和美丽超群的公主。

　　博尔科公爵是莱舍克·比亚维公爵和格日米·斯瓦娃公爵夫人的儿子。公主名叫金，是匈牙利国王贝拉四世的女儿。

　　公主住在隔山隔水的遥远的地方，住在蔚蓝色的多瑙河畔的美丽而富有的国度里。那儿生长着庄稼和甜蜜的葡萄，用这种葡萄可以酿出世界知名的葡萄酒。匈牙利的土地里蕴藏着黄金、白银以及珍贵的岩盐，它比从海水里熬出来的盐更白，能给各种菜肴增添滋味。

　　寒冷的冬夜，外面月光下的一切都被冰雪覆盖，而宫殿里宽敞的房中炉火正旺。壁炉前面，博尔科公爵坐在一张铺了熊皮的榆树木矮凳上，望着红色的火焰。离他不远的地方，两位尊贵的夫人坐在雕花靠背的舒适的椅子上。她们身穿拖地长裙，头上罩着柔软的白纱巾，纱巾披到肩头，像框子似的围住她们的面庞。她们的额头上戴着纤细的、黄金镂刻的发箍，发箍上还饰有晶莹的珍珠和蓝宝石。这些发箍是最著名的金银首饰匠人的作品。为了表明两位贵妇人的皇家身份，她们手上戴有同样美丽的戒指。此时，她们的双手都在忙碌着。她们之中，一个在纺细毛线，另一个正在绣花。两位贵妇人各自在忙自己的活计，都没说话。还是其中年轻的那位——博尔科公爵的姐姐，黑眼睛的莎罗美公爵小姐首先开了口。她来看望母亲格日米·斯瓦娃公爵夫人，也是为了向她介绍匈牙利公主，谈谈她的美丽、善良和聪慧。

年轻的公爵低垂着眼睑听她们谈话，他羞于向姐姐提出什么问题。

公爵夫人瞥了女儿一眼，点了点头，低声说："亲爱的莎罗美，那就是说，你认为应该派遣了解匈牙利宫廷骑士习俗的大臣去向公主求婚？"

莎罗美公爵小姐的脸上漾起了笑意："正是！假若我能看到这桩婚事成功，该是多么幸福！"

于是，在1239年的早春时节，道路干到勉强可以通行的程度，就有两位大贵族作为波兰公爵的大媒人到匈牙利去向公主求婚，他们是总督克里蒙特和克拉科夫省长雅努什，他们带着骑士和随从前往匈牙利的王宫，他们的使命既体面又重大。

与此同时，有关年轻公爵优秀品质的信息——他的高尚品格、文化修养、良好习惯等早已被传到了匈牙利王宫中，尤其值得称道的是，他出身于名扬欧洲的比亚斯特王族。因此，匈牙利国王极其乐意将他的幼女许配给博尔科公爵，并且答应两位大媒人这年秋天就让公主嫁到波兰。

克里蒙特总督和雅努什省长带着吉祥的消息回来了，而匈牙利国王宫正在为公主出嫁做准备。这可不是一般的嫁妆。除了四万银币这个在当时不算小的数目外，不久以后，装满各种珍稀物品的大车就会远涉重关向克拉科夫驶去。大车上有装着锦缎、金丝绒衣裙和用金线刺绣缀有珍珠宝石的服饰的箱笼，有挂毯、幔帐，有多得数不清的银盆、银罐，还有许多金器、珍宝。

匈牙利国王贝拉四世在为他心爱的女儿准备丰厚的妆奁¹时丝毫不吝惜自己的财富，只是不停地询问她想要什么嫁妆，还想把什么带到她未来的国家去。

金公主一边感谢父王的好意，一边笑着摇头，说她再也不想要什么，因为他已经给得太多。但是有一天，前来迎亲的波兰贵妇中有一位在进餐的时候注意到餐桌上的盐细得出奇，白得出奇，不胜惊讶。贵妇在回答公主的问话时说，这必需的调味品在波兰完全不是这种样子的，波兰的盐又黑又粗。她还开玩笑地说，公主既然习惯了这种白盐，至少应该随身带两大车去。

金公主听到这个笑话非但没有笑，反而发起愁来。

"怎么？"她问，"你们那里的人用黑盐烧菜肴？"

也许正是这个原因，几天后，当她父王陪同波兰客人去参观新盐

---

①妆奁（lián）：原指女子梳妆打扮时所用的镜匣，后泛指随出嫁女子带往丈夫家的嫁妆。

矿的时候，金公主跑到他面前，请求父王把她也带去参观。

"盐矿跟你有什么关系？"父亲问，"难道是因为你要离别故乡，想再去看看故乡的山水？"

"看看？"金公主笑了笑，"当然，我想看看。不过，父王，我还有个请求……"

就在这时，仆从牵来了坐骑，国王没有弄清她的请求。直到他们站到马尔漠龙什斯卡盐矿的矿井边上时，国王才想起问她："你还有个什么请求，金？"

"我想要一个盐矿，这个矿。"她说着用手在满是矿井的地面上方画了一个大圈。

"盐矿？"国王饱含惊讶的语调使公主笑了起来。

"你不会拒绝我吧，父王，"她又戏谑地补充说，"我想把它作为嫁妆带到波兰去，我想……"

接着她神态庄重地说："我想把最有用的东西赠给即将成为我的子民的人们。没有盐的食物有什么价值呢？盐在那儿很贵，穷人是买不起的，因此我想带盐去。"

随后，她便从手指上脱下镶有跟匈牙利葡萄酒一样红的宝石的金戒指。根据古俗，把它投进了矿井里，就表明这矿井为她所有。

"既然我的女儿用这种方式把矿井据为己有，"国王和颜悦色地说，"那它就是你的了，你甚至可以把整个盐矿带走。"

"整个矿我自然是带不走，尽管我确实希望能带去，但我可以用袋子装满我们的白盐，能带多少带多少。"公主决定了。这样一来，在远涉重关的装满各种珍稀物品、金银财宝的大车队后面，又加上了

装盐的大车。

1239年的深秋时节，所有的大车都到达目的地之后，金公主嫁到克拉科夫。那时便举行了——正如人们所说的——神话般的婚礼。婚宴摆了十二天，人们依然看不够新娘的秀色。有人说，天使肯定就是她这副模样。没有一个人反驳这种说法。又怎能反驳呢？她身材颀长，有如亭亭玉立的白杨，穿着蓝色的缀满珍珠和银线的长长的衣裙，黑头发，蓝宝石般的眼睛，善良而真诚地朝众人微笑。

新婚的日子过去之后，却遇上了鞑靼进攻。公爵夫人金来到最贫穷的人们中间，关心他们，帮助他们。大家都像爱自己的亲人一样爱她。

鞑靼进攻的苦难日子终于过去了。国家生活逐渐转入正轨，人们开始重建房屋，重新耕耘的土地开始有了收成。公爵夫人金带着少量随从，骑马视察克拉科夫附近的地方，给人们送去各种物资和救援。她连自己身上的外衣也愿意脱下来送给穷人御寒。

有一天，她来到博赫尼亚。事也凑巧，恰好是在这个时候，那里的矿工在坚硬的矿层上首次掘到了白色的岩盐。

"就是说跟马尔漠龙什斯卡盐矿的盐一样吧！"公爵夫人高兴地说。

"大概是一样的，"随从中的大臣看到首次开采出来的盐说，"丝毫不差，完全一样。"他们还想谈论这盐，因为这毕竟是无比重要的发现，但就在这时，矿井深处又走出一个带出一大块盐来的矿工。他捧在手上的盐块如同一大块珍贵的水晶石那样闪闪发光。

"你们把它打碎，让我们尝尝它的味道！"克拉科夫的省长说道。公爵夫人金正想说打碎了可惜，但是已经晚了。矿工一锤子下去，盐块裂成了碎片。这时大家都看到，在盐块的小碎片中间，躺着一枚小小的金戒指，上面镶着一粒红宝石。

"这是我的戒指！"公爵夫人金激动得面色绯红。她想起，正是她把这枚戒指投进了匈牙利土地上的马尔漠龙什斯卡盐矿的。她把这枚戒指放在手心，默默地站立了良久。站在她身旁的，也在默默思考这件奇事的她的随从中的那些大臣和贵族骑士，在许多年前，当她把戒指投进自己父母之邦的矿井的时候，恰好也伴随在她左右。

这就是那个关于被称为着怯公爵的博尔科的夫人金和博赫尼亚的盐矿的神奇故事。

放牧一千只兔子的牧人

这个故事发生在很久很久以前，那还是鞑靼进攻波兰的时候。

鞑靼先是出现在东方的大草原上，后又像洪水似的向波兰涌来。他们烧毁城市和村庄，掠夺财富，把年轻力壮的波兰人掳去做奴隶。

伏舍米乌就是从鞑靼那儿逃出来的。现在他正走在喀尔巴阡山[1]下的原始森林里。他身披一件沾满尘土的破旧原色粗呢外套，肩膀上挂着一个磨光了毛的兔皮袋子，袋子里装着他的全部财产——好心的人送的一块面包、一小罐牛奶和路上拾到的一个小钱。

他走哇，走哇，一路上靠吃野果维持生命，面包和牛奶他动也没动，因为他想留在最困难的时候应急。

①喀尔巴阡山：阿尔卑斯山脉的东部延伸，位于欧洲中南部，长约1450千米，呈半环形横卧大地。

突然，一个老头儿从树后钻出来，站在伏舍米鸟的面前。这老头儿弓腰驼背，白胡子，拄着一根拐杖。

"好人哪，你兴许有面包吧？能不能分一点儿给我？我已饿得走不动了。"老头儿说。

"老人真可怜，"伏舍米鸟心想，"我得救救这个老人。我可以靠吃野果活着。"

他从袋子里掏出了那块面包，是他的第一块也是最后的一块面包。"拿去吧，老爷爷，祝您长寿。"

老头儿非常高兴，一手接过面包，另一只手立刻从怀里拿出一支笛子，递给了年轻人。"好心的人，把这笛子拿去做个纪念吧，将来它对你也许有用。"

然后他们一个朝东走了，另一个朝西走了。

伏舍米鸟走了不到十步，回头想看看老头儿往哪里去了，可是老头儿像是被风刮走了似的，连影子也没有了。

"准是松树把他遮住了。"伏舍米鸟心想，便继续朝前走了。

他走出了原始森林，来到一片被烈日烤晒的荒地，到处都是石头。一眼望去，看不见房舍、炊烟，也看不见一点儿人迹。

时间一小时一小时地过去，太阳仍然像个火球挂在天空，荒地却看不见尽头。"我该休息一会儿，喝口牛奶解解渴。"为了坐得舒服一点儿，伏舍米鸟左顾右盼想找个有坡的地方。忽然头顶上响起"沙沙"的声音，起风了。风从上面刮下来，卷起团团尘雾，顷刻之间什么也看不见了。等卷起的沙土落下后，伏舍米鸟看到有人径直朝他走来。又是一个老头儿，步履蹒跚，比在森林里遇见的那个老人更老，也更疲乏。

"好心人，给我点儿水喝吧，哪怕是一滴也好哇！水……水……"老人嘶哑的嗓音说明他已经很久没喝过水了。

伏舍米鸟抓了抓脑袋。怎么办？他可怜这老头儿，可是牛奶也不多哇。他又想："我还不到渴死的程度，也许我能找到个村子，或者找到一条小溪，我就有水喝了。"

他从袋中掏出牛奶罐，递给了老头儿。"喝吧，老爷爷，这是牛奶。"

老头儿高兴极了，他把牛奶罐拿到嘴边，喝得一滴不剩。"好心人，你给了我力量。啊，你真帮了我一个大忙。我是个穷人，没有什么可以报答你，就请你收下我系在腰上的这根鞭子吧，也许将来某一天你用得着它。"他从腰间解下一根普通的樱珞柏的枝条，上面系了根麻绳。

又刮起了一阵大风，又是尘土飞扬，飞沙走石。沙土落下后，荒地上又是空空的。老头儿一点儿影子也没有了。老人不见了就不见了吧，伏舍米鸟也不去多想，他现在加快了步伐，想在天黑之前走出这片荒地，去找点儿吃食，找个住宿的地方。

黄昏降临之前，他看见了树丛和树枝间升起的蓝色炊烟，路上出现了车辙。

"离村庄已经不远了。"他走上了一条大路，大步流星地向前走着。可他立刻看到，路旁的一棵树下坐着一个正在哭的老人。

"出了什么事，老爷爷？您为什么像小孩子一样哭哭啼啼的？"

"啊，过路人，我好不幸啊！我儿子到城里卖了一头乳猪，赚了点儿钱，他叫我把钱送回家，可是我把钱弄丢了！不知什么时候丢在了什么地方，就是丢了！我的儿媳妇是个地狱里的凶神，因为那丢了的钱，我担心她会把我从家里轰出去。我能到哪儿去呀？谁会要我这可怜的老头儿啊？"老人哭得全身哆嗦。

伏舍米乌心想："我袋子里有一个小钱，它不是我干活儿赚的，而是在鞑靼那边路上拾的。它来得容易，让它去得也容易吧，我把它送给这老头儿。"于是，他从袋子里掏出那一枚小钱，放在了老头儿的掌心里。"拿去吧，老爷爷。这是一枚小钱，只是您要注意别再弄丢了。"

"我哪里能想到有这样的运气！我该怎样感激你呢，好心的人？你把这根棍子拿去吧，拿去做个纪念。"伏舍米乌不忍心拒绝老头儿的好意，拿了棍子，便朝前走了。他刚走出几步，心里想："该回去把那老头儿从地上扶起来。"

他回头一看，老头儿竟连一点儿影子也没有了。"老头儿溜了。"伏舍米乌微微一笑，顺着大路往前走了。

伏舍米乌回到了自己的家乡，但是那里经过鞑靼侵袭以后，老房子已经荡然无存。现在是新的房舍，新的人。小伙子思忖道："我得去找个差事干。到最近的一个城市去，说不定那儿的守城官需要个牧童。"于是，他来到了迪涅茨城。

有人已经对伏舍米乌讲过这件雇牧人的事：那儿需要一个牧人，但不是放马，不是放羊，甚至也不是放猪、放鹅或放火鸡。

守城官需要牧人放牧什么呢？伏舍米乌还是去了。他通过吊桥，走进城门，走进城堡的院子里，有人把他领进了守城官的家。守城

官亲自出来见他，并说："我需要一个这样的牧人，他要在牧场上放一千只兔子，必须放一个月，这期间一只兔子也不能少。然后，他要会给我讲一麻袋故事。牧人如果能照办不误，就能娶我的女儿为妻，并且得到十个庄子作为她的嫁妆。可是，如果在这期间他丢失了一只兔子，就得在城堡里白白干一辈子的活儿。你仔细想想，下午回答我。"

伏舍米鸟鞠了个躬，走出守城官的家，来到院子里，立刻就有几个人走上来围住了他。"哎呀，你可别犯傻，"人们偷偷对他说，一边还东张西望，看大管家是不是在听他们谈话，"你想想，兔子放出去怎么能看得住？"

伏舍米鸟看了看那些奴隶，心想："讲一麻袋故事我会，我被鞑靼俘虏的时候，在篝火旁听的故事多得很。至于那一千只兔子……说不定我能碰上好运气，说不定一只也不会丢呢！"

小伙子走进守城官的家。"我愿意干，尊敬的大人。我去放这一千只兔子。"守城官很高兴，以为自己又会得到一个奴隶，事情就这样定下了。

下午大管家吩咐打开仓屋的大门，一千只兔子一下子跑到了院子里。

人们看着，一些人提心吊胆，因为他们可怜小伙子，另一些人在讥笑他。不过，大家一样对此感兴趣、很好奇。

"哈，既然我当上了牧人，就该吹笛子。"他从袋子里掏出第一个老头儿送的笛子，吹了起来。

简直是奇迹出现了！那些满院子奔跑、彼此追逐的兔子，现在都跑到了一起，四只一排，跟士兵一样，排好队等待着。伏舍米鸟朝通向吊桥的大门走去，兔子队伍跟在他身后。队伍十分整齐，没有任何一只兔子超前或落后。

伏舍米鸟领着兔子到了指定的牧场，他心里非常快活。"嗯，兔子倒是很容易就带出来了，现在，怎么才能使它们不跑散呢？"他把棍子戳在地上，就是第三个老头儿给他的那根棍子。"我得准备追兔子，别叫棍子碍手碍脚的。"

又出现了奇迹！

兔子一齐集中到棍子周围，仿佛是用绳子把它们圈了起来，没有一只兔子跑到旁边去。所有的兔子都在安静地吃草，一个地方的草啃光了，伏舍米鸟就把棍子移到另一个地方，而兔子就跟着他走，又围在棍子周围，老老实实地吃青草。

林子里飞出几只乌鸦，呱呱叫着朝牧场上飞。三只小兔子害怕了，拼命往旁边跑。"嗨，你们这些小家伙，不要怕！到兔群里去！"伏舍米鸟想也没想就朝地上抽了一鞭子，就是在荒地上遇见的第二个老头儿送他的鞭子。这时，逃散的三只兔子立刻就跑回兔群里去了。

伏舍米鸟感到十分奇怪："我一吹笛子，兔子就跟着笛声走；我一把棍子插在地上，兔子就在棍子周围吃草；我一挥动鞭子，打个响鞭，逃散了的兔子立刻就回来，跑到兔群里去。这都是我从老头儿们那里得到的礼物，神奇的礼物！"

守城官的城堡里一片惊慌。"什么！这个农民，这个放兔子的人要娶我的女儿为妻！我还要送他十个庄子！得快想法子，绝不能这样，我的女儿决不能嫁给这个穷鬼！"于是他们商量来，商量去，要商量出个办法来。

有一天，伏舍米鸟在牧场上放兔子。忽然，他见到有个东西从城堡滚到他这里来了。那东西又矮又胖，像个圆桶，两条支着的腿像是树桩。

这是什么？这是谁？原来是守城官的厨娘。她朝牧场，朝伏舍米鸟滚了过来。"可爱的小牧童，你救救我吧！救救我！"她装出哭的样子，用围裙抹眼泪，想把眼睛擦红。"我给守城官大人烤兔胸排，不小心烤焦了，烤成了炭！我这不幸的人现在可怎么办才好？那已经是打猎打来的最后一只野兔了，守城官会把我赶出门，还会唤狗咬我。你救救我，卖给我一只家兔，让我重新烤一块兔胸排吧。"说着把一个金币塞到牧人手上。

伏舍米鸟明白，这是给他设的陷阱，是为了让他的兔群少一只兔子。于是他说："把这个金币拿回去。这不是我的兔子，我不能卖。不过我愿意帮你，给你一只兔子。只是你得给我跳个舞，我一个人在牧场上太没劲了。"

厨娘乐了，没想到这么容易就能完成守城官交代的任务，便用右手提起打褶的呢裙子的右摆，用左手提起左摆，用两条肥胖的腿跳了起来，先是用脚踏着拍子，然后又像皮球似的向上蹦，一会儿弯腰，一会儿屈腿，最后是一个劲儿地转圈。

伏舍米鸟开心地笑了，末了他说："喏，够了，够了，您也跳累了，现在我给您抓兔子。"他抓起最外面的一只兔子，交给了厨娘。厨娘把兔子包在围裙里，欢天喜地地朝城堡跑去。当她已经走上了吊桥时，伏舍米鸟用他的神鞭狠狠地抽了个响鞭。兔子听到这声召唤，立刻从厨娘的围裙里蹿了出来，拼命朝兔群奔跑。棍子周围又是完完整整的一千只兔子在吃青草。

嘿，牧场上快快活活，城堡里闷闷不乐。守城官骂骂咧咧，守城官小姐哭哭啼啼。

于是他们又商量来，商量去，要商量出个办法来。

现在是守城官小姐来到牧场。她打扮成一个农村姑娘——穿着褪了色的呢裙子，头上戴着花环，脖子上戴着木质的珠串，手上拎一个柳条篮子。

她来了，冲伏舍米鸟微微一笑，撒谎说："我想买一只兔子回去养。我爸爸希望在我家小林子里繁殖家兔，因为他每年要向教堂交二十只兔子。我们家已经有一只公兔，现在需要一只母兔。"

"可是你父亲将来怎么让那些兔子不要跑进森林，不要跳到守城官的地里？最好还是去打猎，打二十只兔子，一点儿也不难。"

"啊……那……"姑娘想了想，像是在想对付的办法，"我爸爸会把小林子围起来。"

伏舍米鸟一眼就看出，这又是一个陷阱。他还是说："唉，对你这样漂亮的姑娘，我不能卖兔子，挑一只送你吧。不过，你得给我鞠十个躬。"守城官小姐对伏舍米鸟行屈膝礼，一会儿这边，一会儿那边，围着他转了一圈，而且双腿屈得越来越低，越来越谦卑。

伏舍米鸟抓了一只兔子，放进了她的柳条篮子。"喏，但愿它在你家的小树林子里长得好，每年生二十只小兔子。"他笑着说。守城官小姐高兴极了，她用手帕盖住篮子，假装往村子的方向走。但是刚走到第一家农舍，她马上就拐弯，朝城堡去了。

伏舍米乌一直盯着她看，见她快要走到城堡的大门，又"啪"地一下，打了个响鞭。兔子窜了出来，朝兔群飞奔而来。

城堡里又是担忧，又是烦恼，又是商量对策，一定要叫兔群的兔子少一只。过了一个星期，又一个星期，守城官想："现在我去找他，那些人没有用，兔子到了我手上准跑不了，只是不能叫任何人知道。"

他吩咐女儿到阁楼上去，从箱子里找出一套旧衣服和一件被蛀虫咬得百孔千疮的长袍。他穿上了，腰间系根绳子，然后偷偷从马厩[1]里牵出一匹最瘦的马，不用马鞍，只往马背上扔了个破麻袋，就骑着马到牧场上去了。

他向伏舍米乌道了早安，又用可怜巴巴的声音说："好人哪，卖给我一只生了病的兔子吧，让我一生能尝一次兔肉的味道！"

伏舍米乌立刻认出了守城官，却装作不知道。

"我怎么能拿您的钱呢？看得出来您是个穷人，我可以不要钱送您一只兔子，不过，您得为我办一件事。"

"我很愿意……"

"您看见那条乡下的狗了吗？就是在田埂上跑，还在摇尾巴的那条！"

"我看见了，看见了……"

"您过去，在它的鼻子上亲三下。"

---

①马厩（jiù）：饲养马的房子。

守城官怒火中烧："这农民要干什么？"可是，为了保住十个庄子和不要一个农民当女婿，没有别的办法。想到得去亲那条公狗，他的心都紧缩了，于是他问："能够隔着一片叶子亲吗？"

"那就隔着一片叶子吧。"

守城官走过去唤狗。"小狗，小狗，过来……好狗，漂亮的狗，你不要跑哇，你等一等……"他的态度这样友善，狗于是站住了。这时，守城官跪在田埂上，摘了一片车前草叶儿，放在狗鼻子上，无可奈何地在狗鼻子上亲了三下。他回到伏舍米鸟身旁时气得面红耳赤："哼，我照你的要求做了……"

"我看见了，看见了。您满足了我的心愿，我也满足您的。"他从边上抓了一只兔子，递给了守城官。

守城官紧紧抓住兔子的耳朵和兔子脖子上的皮，骑着马朝村子的方向走了。跟他的女儿一样，当走到白桦林荫道旁第一家农舍，他便拐了弯，朝城堡的方向去了。

当他已经走近了吊桥时，伏舍米鸟又打了个响鞭。顿时，兔子身上出现了神奇的力量，从守城官的手上窜到马下！它飞快地跑回了兔群，只留下身后扬起的尘土。守城官的全部滑稽剧就这样结束了。

"一只兔子也没有少。之前是一千只兔子，现在还是一千只兔子。"怎么办？怎么办？守城官命人套上四匹马拉的轻便马车，他要去拜访别的守城官和别的省长，去谈谈自己的这件难以处理的事。所有的人都这样安慰他："阁下不是还要他讲一麻袋故事吗？您能在这一点儿上抓住他，哪怕他讲一晚上，您总是说'袋子没有满'就好了。他没有办法，只好当您的奴隶了。"

守城官回到迪涅茨城，他宣布在星期天举行盛大的宴会，把所有的守城官，所有的省长、市长、县长连同他们的夫人、小姐统统请来。客人们到齐后，他吩咐人把一只装羊毛的大麻袋拿到城堡的大厅里，并命人去把放兔子的牧人找来，要他在宴会上讲故事。

伏舍米乌站在指定的地方，他面前的木架子上摆着麻袋。他开始讲故事。

他讲的是在遥远的鞑靼草原上，在篝火旁听到的各种各样的故事，一个比一个可怕，一个比一个奇特……

他讲着，讲着，讲了一个钟头。客人们听得出了神，忘记了吃，忘记了喝，他们的思绪被引到了野性的大草原……

守城官小姐朝父亲使眼色："父亲大人，您看看麻袋满了没有？"

守城官瞥了一眼："哪里就满了……连麻袋底还没盖住呢。"

伏舍米乌忽然说："可怕的故事已经讲了许多，现在让我讲个愉快的故事。"

"我在牧场放兔子，有一天，我正坐在地上，有个穷老头儿朝我走了过来。他的外套被蛀虫蛀得百孔千疮，马背上搭了一个破麻袋，缰绳是干草搓的……那个穷老头儿刚好跟我们尊贵的守城官大人一样的个头儿，眼睛跟我们大人的一模一样，头发也是一样的花白……"

守城官在椅子上不安地动了动。他惊慌地想："他说什么？他说什么？要是客人们猜出来了怎么办？"

"那个穷老头儿想找我讨一只兔子。我就对他说……"伏舍米乌继续讲着。

"天哪！天哪！他什么都会说出来！他会把我吻狗鼻子的事讲出来……"守城官大人额上冒出了豆大的汗珠！于是他跳起来，跑到麻袋跟前。"够了，够了！"他喊道，"麻袋已经满了！"

　　守城官小姐跟着喊道："已经满得冒尖了，已经从麻袋里漫出来了！"

　　这样一来，伏舍米鸟就当上了守城官的女婿。

阅读小练笔

YUEDU XIAOLIANBI

一、选择题。

1.《维斯瓦河的故事》中，博拉娜王后有（　　）个孩子。

A.1　　　　　　B.2　　　　　　C.3　　　　　　D.4

2.黑公主和白公主派出的所有浪头都没有回来，原因是（　　）

A.浪头们都枯竭在路途中了。

B.浪头们被一条会喷火的龙消灭了。

C.浪头们没有勇气独自流向陌生的地方，流入小溪、小河中去了。

D.浪头们都顺着第一个浪头的痕迹流向了大海。

3.下列对于《小戒指》的叙述错误的是（　　）

A.总督克里蒙特和克拉科夫省长雅努什带着骑士、随从到达匈牙利的王宫，
　作为波兰公爵的大媒人到匈牙利去向公主求婚。

B.年轻公爵出身于名扬欧洲的比亚斯特王族。

C.匈牙利国王答应这年秋天就把公主嫁到波兰。

D.公主想要去参观盐矿是因为她将要别离故乡，想去看看故乡的山水。

4.《小戒指》中的公主请求获得一个盐矿，是因为（　　）

A.公主希望可以将最有用的东西赠给波兰的人民。

B.显示出匈牙利国家的财富和强盛。

C.公主吃不下去其他国家的盐。

D.公主认为盐矿远比金银财宝更值钱。

5.下列对《放牧一千只兔子的牧人》的叙述正确的是（　　）

A.伏舍米乌认为自己可以靠吃野果活着，将自己舍不得吃的面包给了第一个
　老头儿。

B.伏舍米乌遇到的第一个老头儿一路上靠吃野果维持生命。

C.伏舍米乌从第三个老头儿那里得到了一根鞭子。

D.伏舍米乌的小钱是捡来的，他送给了第二个老头儿。

二、填空题。

1.《维斯瓦河的故事》中，白公主的性格是（　　　　　），黑公主的性格是（　　　　），她们在途中遇到了骑士（　　　　）。

2.《维斯瓦河的故事》中，第一个被派出的浪头叫（　　　），她最终流入了（　　　）。这些浪头生成了一条大河，叫作（　　　），由这条河分出的两姐妹，叫（　　　）和（　　　）。

3.博尔科公爵是（　　　）公爵和（　　　）公爵夫人的儿子。公主名叫（　　　），是（　　　）国王贝拉四世的女儿。

4.公主拥有的是（　　　）盐矿，她将自己的（　　　）投进了矿井，表明这矿井为她所有。

5.放牧一千只兔子的牧人叫作（　　　　），他是从（　　　）那儿逃跑出来的，他的袋子里装着他的全部财产——一块（　　　）、一罐（　　　）和一个（　　　　）。

6.守城官为了不让女儿嫁给伏舍米乌，先后派出了（　　　）（　　　）去找伏舍米乌要兔子。

三、判断下列说法是否正确，正确的画"√"，错误的画"×"。

1.《维斯瓦河的故事》中，黑公主是白公主的姐姐。（　　　）

2.《小戒指》中，年轻的公爵的姐姐莎罗美公爵小姐认为，应该派遣了解匈牙利宫廷骑士习俗的大臣去向公主求婚。（　　　）

3.伏舍米乌遇到的第一个老人送给了他一支笛子。（　　　）

4.为了让伏舍米乌丢失兔子，守城官的女儿不得不给伏舍米乌跳了一个舞。
（　　　）

四、简答题。

放牧一千只兔子的伏舍米乌从三个老头儿那里得到的礼物是什么？它们分别有什么作用？

欧洲民间故事 OUZHOU MINJIAN GUSHI

德国民间故事

────── 阅读小贴士 ──────

　　德国民间故事来源于中世纪末期德国的民间传说和笑话故事。德国民间文学孕育出的文学作品放射出的灿烂光芒，照遍了世界的每一个角落。正是这些具有璀璨的艺术魅力、纯洁的史学精神以及背后包含深邃广博的人文意蕴的作品，奠定了德国民间文学在世界文学中的独特地位。

农夫与大学生

　　一个农夫养了一头奶牛和一只山羊，可是饲料不够吃，他便对妻子说："我们把奶牛卖掉吧！我把它牵到集市上去。"说完，他就牵着奶牛走了。有三个大学生看见他牵着牲口往城里走，于是便合计好，准备捉弄他一番。

　　当农夫大约走到半路时，一个大学生迎上来问他："农夫，你牵着山羊到哪儿去呀？"

　　"咳，"他回答说，"你糊涂啦，我的山羊留在家里，我牵的是奶牛。"

　　"哎呀，"大学生又说，"是你自己弄错啦，你牵的是山羊！"说完他就走了。

　　到了下一个拐弯处，又来了一个大学生，他说："农夫，你牵着这只山羊到哪儿去呀？"

"咳，"他又说，"你们都糊涂啦！刚才我碰见一个大学生，他也是这么说，可我牵的不是山羊，而是奶牛！"

"亲爱的伙计，"第二个大学生说，"是你自己搞错啦，你牵的是山羊，要是你下次卖你的奶牛时，你就会明白的。"

农夫走到离城不远的地方时，又碰见了第三个大学生。

"农夫，"他问，"你牵着山羊到哪儿去呀？"

"行啦！"农夫叫起来，"我已经碰见两个大学生，他们都是这么说的，可这明明是我的奶牛哇。也许是我自己搞错了，把山羊当成奶牛牵出来了。"

"哎呀，"那个大学生说，"的确是你自己看错了，这明明是一只山羊嘛，你的奶牛肯定还站在你家的牛棚里呢。你这只山羊卖吗？"

"唉，"他说，"果真是我搞错了，牵的是山羊，那我也要把它卖掉。"

大学生说，他愿意出五个塔勒。农夫对这个数目很满意，于是拍板成交。大学生递给他五个塔勒，牵着奶牛走了。

农夫回到家里，对他妻子说："我把山羊卖啦。"

"哎呀，"妻子说，"山羊在圈里，你牵走的是奶牛。"

"你没糊涂吧？我碰见三个大学生，他们都问我牵着山羊到哪儿去。"

妻子带他来到羊圈，把山羊指给他看。这时他才说："敢情是那三个家伙合起伙来骗我呀，我也要捉弄捉弄他们。"

于是，农夫制订好了他的计划。他请一位好朋友借给他一百五十个塔勒，以自己的地产作抵押。然后，他戴上一顶圆帽子，进城去了。他走进一家大学生们喜欢去的酒店，给了店老板五十个塔勒；接着，他又到另一家酒店，同样给了店老板五十个塔勒；到第三家酒店也是如此。与此同时，他与三家店老板讲好，他们应该按他的要求上足酒菜，如果他问需要付多少钱时，他们就回答"已经够了"。

过了几天，农夫走进第一家酒店，叫来饭菜和饮料，吃得酒足饭饱。不一会儿，那三个大学生也从对面的学生宿舍过来了，不过，由于农夫穿着星期日的服装而且戴着帽子，他们没有认出他来。农夫请他们吃饭喝酒，店老板一个劲儿地上菜。最后，农夫问需要付多少钱，同时转了转他的帽子。店老板这时回答说："已经够了。"

三个大学生你看看我，我看看你，不知是怎么回事。但是，农夫听了店老板的回答以后，一副已经付清了账的样子，站起来就走了。

第二天，天刚破晓，人们就看见农夫又穿着星期日的衣服到城里去了。他走进第二家酒店，早早就占好了位置，等到中午的时候，他叫人端来美味佳肴。没过多久，那三个大学生来了，他又邀请他们一起吃喝，而且今天招待他们的酒菜比前一天要好得多。到了付账的时候，农夫又转了转他的帽子，问多少钱。店老板回答说："已经够了。"听了他的话，农夫站起来就走了。

这件事弄得三个大学生莫名其妙，他们私下议论说："那肯定是一顶如意帽，因为农夫转一转帽子，酒账就付清了。我们一定要想办法把它买下来，我们一年四季吃喝的费用常常付不清，还得向家里要钱，有了那顶帽子，我们就不用发愁了。"

第三天，鸡一叫农夫就出了门，又到城里去了。他走进第三家酒店，到了中午，他又碰见了那三个大学生。今天，他叫的酒和菜比在第二家酒店吃的还要丰盛，还要可口得多。

他们吃饱喝足之后，农夫又问："多少钱？"同时转了转他的帽子。

店老板回答说："已经够了。"

这时，那三个大学生问他的帽子卖不卖。农夫回答说不卖，他宁可要帽子，再多的钱他也不卖。因为他在酒店里无论吃多少酒菜，只要他动一动他的帽子，酒账马上便会付清，所以还是他的帽子贵重。他甚至还听说，这帽子什么都能付，比如红烧猪肉、烧鹅、鳕鱼以及各种各样的酒，等等。

听了这番话，三个大学生就更想得到那顶如意帽了，他们马上表示愿意出五百个塔勒买下它。

"哎呀，出五百个塔勒就想买下我的帽子？"农夫说。

最后，三个大学生把钱加到八百个塔勒。农夫听了这个数目以后，说："好啦，就这样吧。"他交出帽子，装好八百个塔勒就走了。

回到家里，他对妻子说："先是那三个大学生把我的奶牛当作山羊买走了，现在他们又花了八百个塔勒买走了我的破帽子。"

农夫对他几天来做成的这笔交易非常满意，而那三个大学生呢？

他们拿着帽子，走进他们第一次遇见农夫的那家酒店。店老板给他们端来吃的和喝的，他们三人猛吃猛喝起来，把全部身心都沉浸在美酒和佳肴之中。年龄最大的那位大学生戴着那顶帽子，当他们吃饱喝足之后，他转了转头上的帽子，非常神气地问："老板先生，酒账多少钱？"店老板这回却拿来粉笔认真算起来，最后他们不得不付清全部的酒钱。

第二天，第二个大学生戴上了那顶帽子，因为他们认为第一个大学生不会使用如意帽，转得不对头。于是，他们三人又走进他们第二次碰见农夫的那家酒店。可是，当第二个大学生问"老板先生，酒账多少钱"时，这位老板也拿着粉笔来给他们算账。

第三个大学生固执地断定，他们俩根本不会转动帽子。于是第三天，他把帽子戴上，他们又走进了第三家酒店。当他们吃喝完了之后，他使劲儿地转动着头上的帽子，几乎把帽子都转破了，同时他问该付多少钱。他们还是得好好地麻烦一下店老板呢！店老板非常尽职尽责地给他们算了酒账，一分钱也没放过。至此，故事已经结束了——尽管如此，那三个大学生还总是希望，有朝一日那顶帽子会为他们付酒钱。

欧洲民间故事
OUZHOU MINJIAN GUSHI

醋罐里的夫妻

从前，有一对夫妻，他们一直住在一个醋罐里。

后来，他们住腻了，丈夫对妻子说："我们住进这又酸又臭的醋罐，全是你的过错，不然我们是不会住在这里的。"

妻子却说："不，是你的过错！"

于是两人争吵起来，在罐子里你跑我追，闹得不可开交。

这时来了一只金鸟，问道："你们这是在干吗呀？"

妻子回答说："唉，我们在醋罐里住腻了，要是能和其他人住的一样，我们就知足了。"

金鸟把他们俩从醋罐里拉出来，带到一所崭新的、屋后有一个美丽的小花园的房子前，对他们说："这房子现在归你们所有了，往后要和睦相处，知足地过日子。如果你们需要我，就拍三下巴掌，喊'阳光下的金鸟！宝石厅里的金鸟！无处不在的金鸟！'我就来了。"

说完，金鸟飞走了。夫妻俩非常高兴，非常满意，因为他们有了漂亮的小房子和翠绿的小花园，再也不用住在那又酸又臭的醋罐里了。

但是，这种满意并没有持续很久。夫妻俩在小房子里住了两个星期，每天到左邻右舍去转悠，看见人家拥有高大雄伟的田庄，田庄里有宽敞的厩房、巨大的花园、无边的耕地、众多的雇工和牲畜，他们便对自己的小不点房子感到不称心了。一个晴朗的早晨，他们不约而同地拍着巴掌，喊道："阳光下的金鸟！宝石厅里的金鸟！无处不在的金鸟！"

"嗖"的一声，金鸟从窗户飞进来，问他们想要什么。

"唉，"他们说，"这房子太小了。如果我们也有一座高大雄伟的田庄，我们就满足了。"

金鸟眨了眨眼睛，什么也没说，把他们带到一座高大雄伟的田庄前，田庄周围良田千亩，牲畜满圈，雇工无数。金鸟把这一切都送给了他们。

夫妻俩欢喜得不得了，蹦得足有屋顶那么高，整整一年时间里，他们俩心满意足，高高兴兴，没有任何非分之想。但是过了不久，他们又不满意了。因为他们有时进城去，望着那些高大漂亮的建筑，看着那些打扮入时的先生和太太们散步，心想："唉，还是城市好，住在城里没有许多事做，也不用工作。"

妻子对那些华丽的服饰、舒适的生活，简直看也看不够。她对丈夫说："我们也要住进城里。"

于是妻子拍了三下巴掌，喊道："阳光下的金鸟！宝石厅里的金鸟！无处不在的金鸟！"

金鸟又从窗户飞进来，问："你们又叫我来做什么？"

"唉，"妻子回答说，"我们过腻了农民的生活，我们也想做城里人，穿漂亮的衣服，住高大的楼房。如果那样，我们就满足了。"

金鸟又眨了眨它的小眼睛，一句话也没说，把他们带进城里一栋最漂亮的住房。这房子装饰得极其华丽，屋里摆着大衣柜和五斗橱，里面有最时髦的衣服。夫妻俩以为，世界上没有比这更好更漂亮的东西了，高兴得不得了。

遗憾的是，没过多久，他们又感到厌倦了。他们俩都说："如果我们能像贵族那样就好了，他们住着华丽的宫殿，有高头大马和豪华的马车，车上站着穿镶金边礼服的侍者。是呀，人家这才叫气派呢，我们那些东西只不过是贫穷小市民的破烂玩意儿。"

然后丈夫拍了三下巴掌，喊道："阳光下的金鸟！宝石厅里的金鸟！无处不在的金鸟！"

金鸟又从窗户飞进来，问："你们叫我做什么？"

丈夫回答说："我们想做贵族。如果当了贵族，我们就满足了。"

金鸟非常生气地眨眨小眼睛，说："你们真是不知足的人！你们还有完没完？我可以再让你们变成贵族，但是你们还是不会满足的！"说完，金鸟马上给了他们一座华丽的宫殿，还有马、马车和无数的仆人。

他们成了贵族以后，整天坐着马车兜风，除了看看报纸以外，什么也不想，什么也不做，一味地游手好闲，消磨时光。

一次，他们去观看了一个盛大的庆典。庆典上，国王和王后坐着镶金的马车，穿着金丝织的衣服，百官、侍从和士兵前呼后拥，所到之处，庶民百姓无不挥动帽子或手帕，向他们致敬。啊，夫妻俩羡慕得心都快跳出来了！一回到家里，他们就说："我们还是做国王和王后吧，这样我们就永远满足了。"

于是，他们俩一起拍着巴掌，拼命地叫喊道："阳光下的金鸟！宝石厅里的金鸟！无处不在的金鸟！"

金鸟从窗户飞进来，问："你们还想做什么？"

夫妻俩回答说："我们要做国王和王后。"

金鸟非常吃惊地眨着眼睛，全身羽毛都竖了起来，拍打着翅膀说："你们这两个讨厌的家伙，你们什么时候才能知足？好吧，我再让你们成为国王和王后。但是你们决不会就此罢休的，因为你们贪得无厌！"

夫妻俩又做了国王和王后，统治着全国，掌管着庞大的宫廷。他们把全国各地的大小官员一批批地召进宫殿，坐在宝座上向他们下达严厉的命令。各邦君主无论谁有奇珍异宝，都会被他们搜刮来。他们拥有的金银珠宝，多得难以胜数。

可是他们还不满足，丈夫说："我们的宫殿还要做得更大些！"

妻子说："那我们就做皇帝和皇后吧。"

"不！"丈夫说，"我们要做教皇！"

"哎呀，这些都不过瘾！"

妻子喊道，"我们……"

她的话还没说完，突然刮起一阵狂风，一只巨大的黑鸟从窗户飞进来，两眼闪闪发光，像两只转动的火轮，它大叫一声，震得地动山摇："你们还是到醋罐里去闻酸臭味吧！"

"轰"的一声，豪华的宫殿和壮丽的场景都不见了，他们俩又回到了那窄小的醋罐里，他们将永远待在里面，直到死亡。

这对那些不知足的人来说是一个深刻的教训。

幸福的汉斯

汉斯给他的主人做了七年工，他对主人说："老爷，我的工作期限已经到了，我现在想回家去看望我的母亲，请把我的工钱给我吧。"

主人回答说："你给我做事既诚实又可靠，活儿干得不错，工钱自然不能少。"他给了汉斯一块金子，像汉斯的头那么大。汉斯从兜里掏出手巾，把金子包起来，扛在肩上，起程回家去了。

正当他倒换着两条腿，一步一步往前走的时候，一个人骑着一匹活泼的骏马，兴致勃勃地迎面走来。汉斯看见了，大声地说："啊，骑马真好哇！人就像坐在一把椅子上，脚磕不着石头，也省鞋子，不知不觉地就往前走了。"

骑马人听见了，勒住马，喊道："喂，汉斯，你怎么步行啊？"

汉斯回答说："我扛着一块金子回家，所以只好步行。虽说是金子，可压得我脖子伸不直，肩膀也疼。"

骑马人说："我们交换好吗？我把我的马给你，你把你的金子给我。"

汉斯说："太好了！不过我告诉你，你可得扛着它呀。"

骑马人下来，接过金子，把汉斯扶上马，把缰绳递到他手里，叫他握紧，说："如果你要马走快些，就打着舌音喊'嘚儿——驾'。"

汉斯非常高兴，骑着马得意扬扬地走了。走了一会儿，他想让马走得快些，就打着舌音喊："嘚儿——驾！"马猛地跑起来，汉斯一不留神，掉了下来，摔进路边的沟里。要不是一个赶着母牛的农夫拦住了马，恐怕它早就跑得没影了。

汉斯吃力地从地上爬起来。他怏怏不乐[1]地对农夫说："骑马真不是好玩儿的事情，尤其是这样的烈马，一尥蹶子就能把人摔下来，真要了命！我再也不骑马了。我真羡慕你的母牛，人可以跟在后面从容地赶着它走，而且每天还有牛奶喝，有黄油和乳酪吃。要是我有这样一头母牛就好了！"

农夫说："既然你有这么大的兴趣，那我就用我的母牛换你的马吧。"

汉斯非常高兴，一口答应了。农夫翻身上马，很快骑着走了。

汉斯从容地赶着母牛，回想着这桩称心如意的交易。"只要我有一块面包——我想面包我还是有的，我就可以随时涂上黄油和乳酪吃

---

① 怏 (yàng) 怏不乐：形容不满意或不高兴的神情，心中郁闷，很不快活。

起来；要是我渴了，我就挤牛奶喝。"

他来到一家酒店门前，停了下来。由于心情非常愉快，他把随身带的食物——中饭和晚饭全都吃了，并且还用剩下的钱买了半杯啤酒。然后他赶着母牛，继续朝他母亲的村子走去。

临近中午，天气越来越热。汉斯来到一片荒原上，要走出这片荒原，恐怕还得一个多小时。天气酷热，汉斯口渴得要命。他想："我有办法，我现在就挤点儿牛奶，解解渴，提提精神。"

他把母牛拴在一棵枯树上，因为没有桶，他就把自己的皮帽子放在下面，挤起牛奶来。可是费了好大的劲儿，也没挤出一滴，因为他笨手笨脚，母牛疼得忍受不住，扬起后蹄，踹在汉斯的头上。汉斯倒在地上，好半天也想不起来他在什么地方。

幸亏有一个屠夫用手推车推着一头小猪，从这里路过。"你这是怎么了？"他大声说着，把汉斯从地上扶起来。

汉斯讲了事情的经过，屠夫把酒瓶递给他说："喝点酒，恢复一下精神吧。这是一头老母牛，已经挤不出奶了，最多只能拉拉犁，要不就把它宰掉。"

汉斯用手摸着自己的头发说："唉，谁能想到这一点儿呢！不过把母牛牵回家去，宰了吃肉，倒也不坏。可是我对牛肉不大感兴趣，因为它水分太少了。我倒希望有一头小猪！猪肉吃起来味道大不一样，还可以做香肠。"

于是屠夫说："听着，汉斯，如果你高兴，我就用我的猪换你的牛吧。"

汉斯把母牛交给屠夫，屠夫把小猪从车上解下来，把拴着小猪的绳子递到汉斯的手里。

汉斯牵着小猪继续往前走，心里想到自己凡事都称心如意，虽然会遇到烦恼的事，但是马上又好转了。后来一个小男孩和他结伴走，小男孩胳膊下面夹着一只美丽的白鹅。他们互相打过招呼，汉斯开始讲他的好运气，说他如何同人交换东西，总是占了便宜。小男孩告诉他，这只鹅是拿去给一个孩子洗礼时做酒席用的。他抓住鹅翅膀接着说："你掂一掂，看它多重啊！才喂养了两个多月呢，要是把它烤了吃，咬一口嘴边都会流油的。"

汉斯用手掂着说："是呀，它很重，可是我的猪也不坏呀。"

这时小男孩若有所思地朝四处望望，摇摇头，然后说："喂，你的猪怕是来路不正。刚才我路过一个村子，村长猪圈里的猪被人偷走了一头，我担心你手里这头猪就是被偷走的那头猪。他们已经派人在找，要是他们把你连猪一起抓住，那可就糟了，至少也得把你关进黑暗的牢房。"

善良的汉斯害怕起来了，他说："啊，你在这一带比较熟悉，你把我的猪赶走，把你的鹅留给我吧。"

小男孩回答说："这我可得冒点风险，不过我也不能看着你有难不管。"于是他接过绳子，赶着猪急忙从小路走了。

汉斯不用再担心了，他把鹅夹在胳膊底下朝家里走去。他自言自语地说："如果我没算错的话，这次交换我又占了便宜——先吃味道鲜美的烤肉，然后把炸出来的油用来做鹅油面包，可以吃上三个月，最后用美丽的白鹅毛做枕头，我可以安安稳稳地枕在上面睡觉。我母亲一定会很高兴的。"

他路过最后一个村子时，看见一个磨剪人扶着小车站在那里，车轮子咕噜噜地响，他唱道："我磨剪刀，脑子灵活，随机应变，看风使舵。"

汉斯停下来，望着他，然后同他搭起话来："你磨剪刀这样快活，生活一定很不错吧？"

磨剪人回答说："是呀，一艺在手，吃喝不愁嘛。一个真正的磨剪人，手往兜里一伸就能抓到钱。你在哪里买的这样漂亮的鹅？"

"这不是买的，是我用猪换的。"

"那猪呢？"

"是我用一头母牛换的。"

"那母牛呢？"

"是我用一匹马换的。"

"那马呢？"

"是我用一块金子换来的，那块金子有我脑袋这么大。"

"那金子呢？"

"唉，是我做了七年工的工钱。"

磨剪人说："你随时都有办法。不过要是你一站起来，就能听见兜里的钱哗啦哗啦响，那你就幸福了。"

汉斯说："这我怎样才能做到呢？"

"你必须像我一样，做个磨剪人；其实只要有一块磨刀石就行了，别的东西自然有办法。我这里有一块，虽然有点磕碰，可问题不大，只要用你的鹅来换就行了。你要吗？"

汉斯回答说："这还用问？我要成为世界上最幸福的人了，我的手往兜里一伸就有钱了，我还有什么可担心呢？"说着他把鹅递给磨剪人，从他手里接过磨刀石。

磨剪人搬起他脚旁的一块普通的大石头，说："这里还有一块坚硬的石头，你可以在上面把旧钉子砸直。你拿上，好好地把它扛回家去吧。"

汉斯扛起大石头，继续愉快地往前走，他的眼睛高兴得直发光。他喊道："我生下来的时候，头上一定有胎膜，我万事如意，真是个幸运儿！"

因为他一大早就起来赶路，这时也觉得累了。另外，他肚子也饿得发慌，因为他在换了母牛的时候，认为占了便宜，心里高兴，把随身带的食物一下子全吃光了。最后他只能一步一步地往前走，而且走几步就得歇一歇。还有，那块石头也压得他的肩膀受不了。于是他禁不住想，要是现在不用扛着这两块石头，那该多好哇！他像一头牛似的，朝田里的一口井边爬去，想在那里休息一会儿，喝点清凉的井水解解渴。为了在坐下的时候不把石头碰坏，他先把石头慢慢地放在井沿上，然后才坐下来。他刚想弯下腰去喝水，可是一不留神，轻轻地碰了一下石头，那两块石头便扑通扑通地掉下井去了。汉斯眼看着石头落到井底，高兴得跳起来，因为他从石头的重压下被解救出来了，免去了他这唯一的烦恼。

他叫道："天下再没有像我这样幸福的人了。"

他摆脱了一切负担，怀着轻松愉快的心情，蹦蹦跳跳地向前走去，最后回到了他母亲的家里。

阅读小练笔

YUEDU XIAOLIANBI

一、选择题。

1.《农夫与大学生》中，农夫要卖掉奶牛的原因是（　　）

A.奶牛生病了。

B.饲料不够吃。

C.奶牛比山羊价格更高。

D.山羊更好养。

2.下列对《农夫与大学生》的叙述正确的是（　　）

A.农夫将自己的山羊和奶牛都卖给了大学生。

B.农夫用借来的一百五十个塔勒买了一顶帽子。

C.农夫请大学生分别去三个酒店吃饭，以感谢他们买了山羊。

D.三个大学生被农夫捉弄，认为农夫的帽子是一顶如意帽。

3.醋罐里的夫妻第二次被金鸟所帮助，住的是（　　）

A.有小花园的房子。

B.华丽的宫殿。

C.城里一栋最漂亮的住房。

D.高大雄伟的田庄。

4.下列对汉斯的经历的叙述正确的是（　　）

A.汉斯认为骑马脚磕不着石头，也省鞋子，不像扛着金子那样脖子伸不直，肩膀疼，所以和骑马人用金子交换了一头牛。

B.汉斯骑马摔倒了，认为猪肉好吃，还可以做香肠，用马换了猪。

C.汉斯为了避免这头猪来路不正使他坐牢，和小男孩交换，得到了一只鹅。

D.汉斯最后用一只鹅换了一把剪刀带回了家。

二、填空题。

1.《农夫与大学生》中，农夫牵的是（　　　），然而大学生们说他牵的是（　　　），最后受骗的农夫以（　　　）的价钱卖出了他的（　　　）。

2.醋罐里的夫妻召唤金鸟时，要先（　　　），然后喊：（　　　）。

3.醋罐里夫妻在成为贵族之后，又想要成为（　　　）和（　　　）。

4.汉斯的工钱是一块（　　　），汉斯用它交换后得到了（　　　）。磨剪人用（　　　）换走了汉斯的（　　　）。

三、判断下列说法是否正确，正确的画"√"，错误的画"✕"。

1.农夫在卖奶牛的路上，遇到三个大学生，在第二个大学生欺骗农夫时，农夫就相信了他牵的是山羊。（　　　）

2.三个大学生花了八百个塔勒买了农夫的帽子。（　　　）

3.三个大学生拥有了如意帽后，三次吃饭都还是得付钱。（　　　）

4.醋罐里的夫妻住在漂亮的带有小花园的房子时，看见城里的建筑，觉得还是城市好，于是金鸟让他们住进了城里最漂亮的住房。（　　　）

5.汉斯最后背着一块石头回了家。（　　　）

四、简答题。

1.醋罐里的夫妻最后的结局是怎样的？为什么？

2.《农夫与大学生》中，农夫是怎么让三个大学生认为自己头上的那顶帽子是一顶如意帽的？

欧洲民间故事 OUZHOU MINJIAN GUSHI

捷克民间故事

阅读小贴士

　　捷克是位于中欧的一个内陆国家，与德国、奥地利、波兰、斯洛伐克四国接壤。捷克民间故事是其劳动人民集体创造的精神财富，反映了劳动人民对贫穷、痛苦的现实生活处境的不满，充分揭露了统治阶级的贪婪和残暴，也表达了人民对统治阶级的反抗。这是捷克民间故事的一个重要的主题。

小牧童和狼

有一个小男孩，他是个无依无靠的孤儿。有一天，他到一户只有一匹马的自耕农家里去，请求收他当个小牧童。主人收下了他，让他去照看这匹马，并一再叮嘱他说："你要好好照看它，放牧的时候别让狼把它吃掉了。"

小牧童牵着马来到草坪，便把绳拴在自己的脚上，然后对着森林喊道："我求求你，狼啊狼，你别把我的马吃掉！"他喊完就趴地一躺，睡着了。

夜里来了一只狼，把整匹马给吃掉了。小男孩醒来，看见绳是空的，急得伤心痛哭。他边哭边回到了主人的家。

"马在哪儿？"主人问他。

"唉，我真倒霉，来了一只狼，把马吃掉了。"小男孩哭诉着说。

"好哇！既然狼吃掉了我的马，也让它把你吃掉好啦！"主人恶狠狠地说，因为他是一个狼心又吝啬[1]的人。

傍晚，主人将小男孩送到大草坪，还把他捆绑在四轮车上，然后就回家了。小男孩伤心痛哭，呼天唤地喊"救命"。半夜时分，绿林好汉们打草坪附近经过，小男孩听到有人的声音，便大声呼救。绿林好汉们听到这凄惨的呼救声，慌忙走近他，连同捆绑他的车子一起带走了。

"喏，拿他怎么办？"其中一人问道。

"把他留下来给我们烧烧饭，生生火吧！"头目说。于是小男孩便被带进了深山老林。

小男孩在那里住了很久，日子过得很好，因为他听他们的话，老老实实给他们干活，大家都很喜欢他。

有一回，他们决定到另一座山上去抢劫一个富翁，不想带上小男孩，可是又怕他无拘无束，跟在后面去追踪他们，于是他们便把他关在一个大桶里。桶里给小男孩放了能够吃上好几天的食物，以免他饿着，又给他在桶上挖了好几个洞，免得他憋死，还给了他一些钱。他们把装着小男孩和这些东西的大桶挂到一棵壮实的大树上，然后就出发了。小男孩虽然有足够的食物和水，可心里还是很难过。他想，被关在桶里，要是谁也不进这林子里来救他，他就得死在桶里了。

正当小男孩在桶里这样悲观地思量时，一条恶狼打森林里走过。桶里的肉散发出香气，引得恶狼朝大树走来。它到了大树跟前，几步

----

①吝啬：过分爱惜自己的财物，当用不用或当给的不舍得给。

就蹿上了树，一个劲儿地对着木桶的窟窿嗅。发现脑袋进不去，它便把尾巴塞了进去。

"啊哈！"小男孩想，"我知道这是什么！"他立刻用两只手紧紧抓住狼尾巴。

恶狼感到有个什么东西抓住了它的尾巴，便从树上往下跳。因为小男孩不放手，于是连人带桶摔到了地上。桶摔破了，吓得要死的恶狼跑掉了，小男孩得到了自由。现在他有满满一口袋钱，还有足够的食物和水。

"嘿，如今我也够富的啦，用不着再给人家当牧马人了！"他喊着离开了森林，来到一座村庄，并在那里成家立业，成了一个很不错的庄稼汉。

丢失的小男孩

　　从前有一个很富有的人，他的财产多得难以计算，可是却没有后代来继承他的财产。过了很久之后，他的妻子终于怀孕了。到孩子快要出生时，这位父亲做了一个梦，他梦见即将出生的将是一个儿子，但是在这个儿子长到十二岁之前，不能让他的身体触地，否则儿子就会丢失。

　　妻子真的生了一个儿子，既健康又可爱。主人立即请了九个保姆，并向她们做了严格的规定：在孩子十二岁以前，不能让他触地。

　　多年来，保姆们忠实地执行着主人的规定。

　　几天之后，孩子将过十二岁生日了，至今为止，连他的指头都没有挨过一次地。保姆们不是用手抱着他，便是把他放在金摇篮里。

　　主人开始张罗盛大宴会，以庆祝他心爱的儿子快要从恶劣的命运中解放出来。突然，院子里传来一声吓人的狂叫，抱着孩子的保姆出于好奇，也想去看个究竟。该死的好奇鬼！她忘了自己的责任，便把小孩放在地上，跑到窗前去看热闹。等到喊叫声没有了，保姆回来抱孩子时，却发现孩子不见了。她号啕大哭起来，招得家仆们全跑来看。

主人也跑来了，他吓得魂不附体地问道："发生了什么事？孩子在哪儿？"这时全身发抖的保姆才抽泣着把刚才发生的事情说了一遍。主人见他的希望毁于瞬间，感到无比悲伤，立刻派人到各处去找。他们找哇，找哇，费尽了心思，却始终没法找到那个小男孩，仿佛他从来就没到这个世界上来过。

过了一段时间，悲伤的主人注意到，每天半夜时分，在他最漂亮的一个房间里总听到一个什么东西在隆隆作响，还夹杂着哭诉声。当这种现象一再发生时，他想，会不会是他丢失的儿子呢，他决定好好观察一下。他宣布，谁能到这个房间里过一夜，便奖励他三百个金币。三百个金币可不是个小数目哇，而对于一个穷人来说就更是一笔大钱哪！好多人都来参加守夜，可是一过十二点钟，房间里便开始隆隆作响，守夜的人都被吓得一跑而空，心想，总不能为了三百个金币而把命都送掉吧！因此，连主人也没法知道，谁在弄得房间隆隆作响，谁在哭诉，是他的儿子呢，还是什么怪物？

离这家庄园不远的地方住着一位寡妇和她的三个女儿，她们经营一家磨坊，孤儿寡母的，一直在贫困中挣扎着。关于邻居财主家某房间里半夜隆隆作响、夹杂哭泣声以及悬赏三百个金币的消息也传到了她们的小木舍里。

大女儿对憔悴的母亲说："妈妈，为什么我们总是受穷？我去碰碰运气吧，我去守一夜，兴许能发现点儿什么。三百个金币对我们很有用啊！"

母亲刚开始摇了摇头，沉思着，后来又叹了一口气，放女儿去了。

寡妇的大女儿来到财主家，说她愿意进这个房间里过一夜。

"你也敢试试？"主人问道，"那么好吧，小姑娘，碰碰运气吧！"

"我去试试，但是劳驾您先给我一点儿吃的，我饿极了。"姑娘请求道。

主人连忙叫人送来食物，姑娘挑了些吃的，还拿了些烤火的木柴，点上一支蜡烛，到那间房里去了。她点燃了房里的壁炉①，架上一个小罐，摆好了桌子，铺好床，干着活儿时间一晃就过去了。

还没等她转过身来，已经是半夜十二点了。房间里立刻响起隆隆声和哭诉声。小姑娘心惊胆战地从这个墙角落看到那个墙角落，可是什么也没见着，只有响声和哭声。突然，一切声音都消失了，一个英俊的少年出现在她面前，亲切地问她："你给谁准备的饭？"

"给我自己呀！"姑娘回答说。

英俊的小伙子听了感到十分忧伤。他以悲戚的目光凝视着她，过了一会儿又问道："你为谁摆好了桌子？"

"给我自己呀！"姑娘回答说。

---

①壁炉：就着墙壁砌成的生火取暖的设备，有烟囱通到窗外。

欧洲民间故事

OUZHOU MINJIAN GUSHI

英俊少年更显忧伤了，他那蓝色的眼睛里噙着泪水。"你给谁铺的床？"他最后问道。

"给我自己呀！"小姑娘像头两次一样回答说。

英俊少年泪如雨下，绝望得两手抽搐，消失不见了。

第二天早上，磨坊家的大女儿把夜里所听到和见到的一切告诉了主人，但没说少年如何悲伤的事。主人遵守诺言给了她三百个金币，并为得到这么多消息而感到高兴。

第二天夜晚，磨坊家的二女儿来请求在这间房里过夜，她也要了些当晚餐的食物，也点燃了壁炉，架上了罐子，摆好饭桌，铺好床，等着半夜来临。当少年出现在她面前，问她给谁准备的饭，给谁摆的桌子，给谁铺的床。她也是回答为自己，为自己，为自己，就像姐姐告诉他的那样。少年像头天夜里一样伤心痛哭，绝望至极，转眼间便消失不见了。二女儿也把夜里听到和见到的一切告诉了主人，同样没有向主人透露那少年是如何为她的回答而感到忧伤这一点，二女儿也得到了三百个金币。

第三天，寡妇的小女儿说："亲爱的姐姐，你们的运气这么好，都得到了三百个金币，今晚让我也去碰碰运气吧！"母亲最疼爱小女儿，既然两个大的都平安无事，就让她去吧！

小女儿也和两个姐姐一样，先请求去那间房子里过夜，然后带上食物，收拾收拾所需要的东西便进去了。她点上壁炉，架上罐子，摆好桌子，铺好床，怀着恐惧和希望的心情等着半夜来临。突然，钟声响了十二下，房子里又是闹又是哭的，小姑娘从这个角落瞟到那个角落，什么也没见着，到处空空荡荡，只有隆隆巨响和悲惨的哭声。突然，一切声音都消失了。一位英俊的少年站在小姑娘面前，亲切地问她："你给谁准备的饭？"

姐姐们曾经告诉过她怎么回答，可是当姑娘看了这美丽的少年一眼，她心里想："我要是回答些别的话，应该也不至于坏事吧！"

"你给谁准备的饭？"少年性急地追问着。

"给我自己呀，如果你愿意的话，也给你。"姑娘回答。

少年的额头顿时舒展开来。"你给谁摆的桌子呢？"

"给自己，你要是愿意的话，也给你。"

一丝淡淡的微笑掠过少年的面颊，"那你的床又是给谁铺的呢？"他第三次问道。

"给我自己，假如你乐意，也给你。"

变得快乐起来的少年拍了一下手说："你真好，你这一切也是为我准备的！请稍等一下，我还得去和那些至今一直关心我的恩人告别。"

一股暖风吹进房间，房子正中间开了一道无底深缝，少年慢慢向下走去。姑娘想知道他去哪里，便抓着他的后摆，一起下到底部。

一个新的世界展现在他们面前，右边淌着三条金河，左边竖着座座金峰，中间是一片绿色的草坪，上面开满了五颜六色的鲜花。少年径直朝前走去，小姑娘悄悄地跟在他后面，免得被他发现。少年弯腰抚摸着草坪上的花朵，接着来到一座金树林，当他们走到树林跟前，从树梢上飞下许多珍奇的鸟儿，唱着迷人的歌，它们围着少年飞来飞去，甚至落到他的肩膀上、头上，少年亲切地同它们说话，每一只他都要摸摸。这时，小姑娘折下一根金树枝，包在头巾里留作纪念。他们走出金树林，来到银山峰间的银树林中。这时，各种各样的动物跑来围在少年的身旁，高兴得又蹦又跳。少年抚摸了每一只动物，同它们亲切地说笑。这时，姑娘悄悄折下一根银树枝，因为她想："等我把这些情况告诉姐姐们时，谁知道她们会不会相信我去过哪里，看见过什么呢。"

少年和他的患难之交告别之后，沿着原来的小路返回地面。姑娘仍旧跟在后面，拽着他的衣后摆从深渊回到了地面上的房间里。地缝立即合拢了。

"我已经回来了，我们可以吃晚饭了！"少年说完，姑娘立即走到炉火前，把煮好的东西端到桌上，他们坐下，吃得很满意。

晚饭后，少年又说："现在我们可以躺下休息了！"他们美美地躺在铺好的床上，姑娘把带回来的金树枝、银树枝隔在他们两人中间。不一会儿，两人都睡着了。

第二天，太阳已经高挂天空，却不见磨坊家的小女儿的一点儿动静。主人已经等得不耐烦了，又等了好大一会儿，他担心是不是发生了什么不幸的事情，于是前去看看她究竟出了什么事。当他打开房门，竟然发现磨坊女旁边躺着他那丢失了的心爱的儿子！谁能描述出他那时的欢乐心情啊！父亲高兴得像孩子一样，把所有的乡亲、大小财主都请来和他一起庆祝。

少年起床时看见身旁那两根树枝，吃惊地问姑娘道："你一直同我到了下面？正因为你这样忠诚，才把我解救了出来，知道吗？这两根小树枝将为我们变出两座宫殿，一座金的，一座银的。"

后来，磨坊家的小女儿就和被她解救出来的少年一直住在这两座宫殿里。

傻洪扎

　　从前有一位老爹，他有三个儿子，却只有一所小农舍和一块巴掌大的土地，一家人过着穷苦艰难的日子。大儿子长大后，别无他法，得到外面去找个活儿糊口。他来到邻近一座村子里，挨家挨户打听有没有人家要请长工，最后打听到了一户财主家。

　　那老财主是个小气得宁可把膝盖钻个洞也不舍得花一个铜板的人，所以哪个长工在他家都待不长。他对这个穷小伙子说："好吧，我可以留你在这儿干活，期限为一年。可是我有话在先，不管发生什么事，你都不许生气，要是做不到，我就把你的鼻子割掉，把你赶出门外，一分钱也不付给你。反过来要是我生气了，你可以把我的鼻子割掉，我还会把一年的工钱付给你。"

　　小伙子没跟他多费唇舌，因为也找不到一个好一点儿的地方了，

只好留下来。早上，小伙子去犁地，女主人在准备午饭。她把两棵白菜放进罐子里，撒上一点儿盐，就煮上了。等下工回来吃午饭时，女主人便拿出两个白菜头来给他吃，连一块面包也没切给他。小伙子对此不乐意地撇了一下嘴，但忍着没有生气。

"你没生气吗？"财主问他。

"我有什么气好生的呀？"小伙子回答了一声，没碰白菜头就走开了。第二天是这样，第三天还是这样。

"你起码有一点儿生气了吧？"小伙子又空着肚子离开饭桌时，财主又问他。

"这样的午饭怎么能叫人不生气呢？"小伙子嚷了起来。财主于是立刻掏出小刀，像割胡萝卜似的把他的鼻子割掉了。

穷小伙子就这样既没拿到工钱又丢了鼻子，忧伤地回到家里。老二得知他哥哥的遭遇后，下决心要到那家去做工，好给哥哥报仇。不过，他的下场也不怎么样，除了坚持的时间比他大哥长一点儿以外，也跟他大哥一样既没拿到工钱又丢了鼻子，忧伤地回到了家里。

这时，年龄最小的洪扎说："如今就让我去对付那个小气鬼。"父亲和哥哥们都劝他别去，担心他这样傻，肯定也会丢了鼻子回家，可是他不听，哥哥们只好给他准备行李。他们等了一个月、两个月，却一直不见洪扎回来。

其实洪扎并不像他们所想象的那么傻，他总是在别处把肚子吃饱，对女主人的午饭只是一笑了之，连财主也没有勇气问他是不是生气了。

有一回，财主打发洪扎带着麦子到集市上去，对他说："洪扎，你到集市上去，把麦子带上，等着我，我随后就到。"

洪扎到集市上把麦子卖掉，把钱留下了，他还去了一趟小店，晚上才回家来。那财主一见到他，便问他上哪儿去了，把麦子放在哪儿了。

"我把麦子搁在集市上，您没来，我便到小店去了一趟。谁知道这些麦子出了什么事啦，说不定给人偷走了。不过我想大叔您还不至于生气吧？"

财主气得要命，可又不敢表露，只好装作什么事也没发生的样子，还说："这有什么好生气的呢？"

过了不久，财主又叫洪扎赶着一群猪进城去，叮嘱他走哪条路，把猪交给谁，拿回来多少钱。洪扎应声走了。他在路上遇见一个猪贩子，二话没说便把猪卖给了他，只要求从每头猪身上割一小段尾巴。猪贩子没意见，洪扎拿着猪尾巴和钱就回家了。

"你怎么这么早就回来了？"财主迎上去问。

"亏您给我指了一条好道！"洪扎回答说，"泥巴齐腰，猪都陷到里面去了。我使劲往外拽，可是每头猪只留了一小段尾巴在我手里，所有的猪都淹死了。我想大叔您还不至于生气吧？"

"我不至于生气？你把我的全部家产都丢了！"主人气得大吼起来。

"外加一个鼻子！"洪扎笑了，他将财主的鼻子"嚓"地一下割了下来，"这是你吝啬贪财的报应。"

洪扎于是拿着一大笔钱和财主的鼻子回家了。后来，洪扎用这些钱买了一份地产，三兄弟一块儿经营，一家人的日子过得很不错。

阅读小练笔

YUEDU XIAOLIANBI

一、选择题。

1.小牧童牧马时,马被狼吃掉了,是因为(　　)

A.小牧童在地上睡着了。

B.马挣脱了绳子跑掉了。

C.狼太凶猛了,小牧童打不过它。

D.小牧童为了保全自己,让狼吃掉了马。

2.绿林好汉们把小牧童关在木桶里,是因为(　　)

A.小牧童不听话,犯了错误。

B.避免小牧童一个人在家被狼吃掉。

C.担心他们走后小牧童无拘无束,跟在后面去追踪他们。

D.他们想让小牧童自生自灭,死在桶里。

3.小男孩丢失的原因是(　　)

A.小男孩偷偷跑出去,接触了地。

B.小男孩的保姆忘记了自己的责任,将小男孩放在了地上。

C.小男孩只能活到十二岁。

D.小男孩被大地吞噬了,困在了另一个世界之中。

4.寡妇的三个女儿都愿意去那个房间里过一夜,是为了(　　)

A.去这个恐怖的房间探险。　　　　B.得到主人奖励的三百个金币。

C.为了解救主人的儿子。　　　　　D.为了嫁给主人的儿子。

5.下列对《傻洪扎》的叙述不正确的是(　　)

A.老财主对小伙子的其中一个要求是不管发生什么事,都不准生气。

B.女主人给洪扎和他的哥哥们准备的午饭是白菜头,连一块面包也没有。

C.洪扎和他的两个哥哥都被小气老财主割掉了鼻子。

D.洪扎卖麦子时，把钱留下了，并且告诉老财主麦子可能被偷了。

二、填空题。

1.小牧童被主人送到大草坪，被捆绑在（　　　　　）上。小牧童被（　　　　　）救了后，在深山老林留了下来。

2.小牧童在桶里抓住了（　　　　　）的尾巴，掉在地上摔碎了桶，获得了自由，最后成了一个（　　　　　）。

3.磨坊家的小女儿跟在主人的儿子后面进入了深渊，带回了（　　　　　）和（　　　　　）。

三、判断下列说法是否正确，正确的画"√"，错误的画"╳"。

1.小牧童的主人是一个狠心吝啬的人。（　　　）

2.小牧童被关在桶里，但是绿林好汉们在桶里给他放了能够吃上好几天的食物，又给他在桶上挖了好几个洞，免得他饿死和憋死，还给了他一些钱。（　　　）

3.丢失的小男孩在每天晚上过了十二点钟就会出现在这个半夜隆隆作响的房间。（　　　）

4.在《丢失的小男孩》中，寡妇的三个女儿在回答主人的儿子的问题时，都说是为了自己。（　　　）

5.洪扎总是在别处把肚子吃饱，对女主人的午饭只是一笑了之，一点儿也不生气。（　　　）

6.因为洪扎弄丢了财主的麦子让财主很生气，所以才被洪扎割掉了鼻子。（　　　）

四、简答题。

1.磨坊家的小女儿是怎样解救主人的儿子的？

2.你认为洪扎傻吗？为什么？

欧洲民间故事 OUZHOU MINJIAN GUSHI

瑞典民间故事

—— 阅读小贴士 ——

　　瑞典是北欧五国之一，首都为斯德哥尔摩。瑞典民间故事往往赞美正直、勤劳、善良、智慧的人，批评懒惰、自私、愚蠢的人，讽刺剥削者和压迫者。其中一些故事幽默、风趣，体现了劳动人民的聪明和智慧，另一些故事则充分展现了瑞典人民的乐观主义精神。

诚实最长久

　　从前有一对贪得无厌的夫妻，用尽一切手段，不管赚多少钱，他们都嫌少。后来，夫妻俩先后去世，不得不把一切都留了下来。

　　夫妻俩有两个儿子，分遗产的时候，他们不用普通的方法，而是用蒲式耳[①]量钱。

　　"现在我很富，"老大想，"将来还会更富，也许有一天我会成为这个国家最富的人。"他用分到的钱买了一艘大船，还买了许多货物装满了船，准备到世界各地去销售。

　　年轻的弟弟却想："在钱的来路上父母很不注意。这些钱中，肯定有许多来路不明，这样的钱我不想要，因为牧师说过，这些钱会给自

　　①蒲式耳：英语bushel的音译。旧称"嘝"。英、美计量谷类等干量体积的单位。1英蒲式耳≈36.37升；1美蒲式耳≈35.24升。

己带来不幸和灾祸。"

他拿起自己所有的钱来到海边，把它们统统扔到海里。"如果你们中间有用正当手段挣来的钱，请你们漂上来，其余的都沉到海底。"他说。

成千上万个硬币被投到了海里，结果只有一个漂了上来。他拿起这枚硬币到他哥哥那儿说："我知道你要去赚大钱。我只有这个硬币，请带上它也为我赚点儿什么吧！"哥哥嘲笑弟弟的愚蠢，不过，他还是带上了弟弟的那枚硬币，为他买了一只猫。

他在大海上航行，买卖货物，很快发了财，船上装满了金银财宝。但是在回家的路上，狂风大作，他的船被巨浪打到一个小岛上。岛上有一个城市，于是他在这个城市的码头抛锚。令人高兴的是，他的金银财宝没有遭受任何损失，这个国家的人民非常好客，他们友好地接待了他。

一天，天高气爽，国王请他吃晚饭。王宫里的摆设美丽、壮观，有一点儿他却感到很奇怪，因为桌上所有的饭菜都用东西盖着，在每一个盘子旁还放了一把稻草，他问主人这是为什么。

"这是因为，"一个廷臣回答，"我们国家遭受了一场空前的灾难。一闻到饭味，老鼠就从各个角落成群结队地蜂拥而至，它们跳到桌上把饭菜吃得一干二净，因此我们不得不拿稻草把它们赶走。"

"这真奇怪呀，"商人说，"你们没有猫？"

"猫？猫是什么？"廷臣问。

"猫是专门捉老鼠的动物，它能把老鼠赶跑。只要有猫，老鼠连鼻子也不敢伸一伸。"商人说。

欧洲民间故事

OUZHOU MINJIAN GUSHI

"竟有这样的动物!"国王惊叫道,"只要能得到一只这样的动物,我愿出大价钱!"

"我的船上有一只猫,而且最近刚生了小猫,"商人说,"陛下愿意让我把它们带来吗?"

"赶快把它们带来!"国王说。

商人把老猫和六只小猫一起带来放到饭厅里。顷刻间老鼠便被全部消灭。人们都在为消灭了老鼠而喜气洋洋,吃饭时也无须在盘子旁放一把稻草了。

商人无意中从窗户里向外张望,突然,他发现他的船上燃起了熊熊大火。

"我的船!我的船!"他痛苦地叫着,"我的一切都被大火和波浪吞没了!啊,我是多么不幸啊!"

过了一会儿国王说:"别着急,我的朋友!如果你愿意把老猫和小猫给我,你损失了多少金银,我就给你多少。"

商人对此欣然同意,很快,一条满载着金银财宝的船停放在码头准备启航。商人恋恋不舍地和大家告别,然后开始了远航。一路上,一帆风顺,因为船上的东西都是用正当手段换来的。

商人到家时,第一个碰到的就是他的弟弟。弟弟拥抱他,欢迎他又回到家里,还问他生意做得怎么样。

"利润微薄。"哥哥回答。

"我的硬币呢?用它赚了点儿什么没有?"

"赚了,"哥哥回答,"你自己来看。"

他们一起来到码头,上到船上。哥哥指着船和所有的金银财宝对弟弟说："这一切都是你的，这么多东西都是你的硬币换来的。"

"这怎么可能？"

"这是真的。"哥哥随即把发生的一切讲给弟弟听。

他讲完以后，弟弟抱着他的脖子高兴得哭起来。"你看，"弟弟说，"诚实会得到祝福的，而灾难则紧紧追随不义之财。我把这些分一半送给你，从此，你也和不义之财彻底决裂了。"

"肯定是这样。"哥哥说，并拥抱了弟弟。

从那以后，他们幸福地生活着，还经常教育他们的孩子和孙子：诚实最长久。

交换工作

  从前有一对夫妻，他们的关系既不是亲密无间，也不是格格不入，而是和大部分夫妻一样凑合着过日子。老头子当然是干外面的活儿，他每天一早就到森林里去，为的是给自己和老伴儿挣碗饭吃，而老太太则留在家里料理家务，干些诸如做饭、纺纱、织布之类的活儿。虽然是在家里，老太太也有很多活儿要干，他们的生活倒还过得去。

  但是每当晚上老头子从森林里回到家的时候，手指头冻得要死，膝盖累得又酸又疼，相比之下，他认为老太太在家里太舒服了，为此他们之间常常发生争吵。

  一天晚上，当老头子浑身上下湿淋淋地坐在炉子旁边擦干他的皮衣服时，他开始抱怨自己一天到晚像个奴隶一样为家里疲于奔命。

"你比我强多了，老太婆，"他说，"因为当我这个可怜人在森林里卖命干活、忍饥挨冻的时候，你只是在炉子旁边做做饭，前面烤暖和了再烤后面。"

"你这么认为吗？"老太婆说，"我可不这么认为，因为我手里要干的活儿也很多，我的意思是说，如果我不把家里料理好，你也不会那么舒服。但是男人就是这样，你不在他们跟前的时候，他们才能体会到你对他们的好处。"

"她要是不在跟前，他们也就不用再听她的吼叫了。"老头子说。

"吼叫！"老太婆说，她显然对他的话很生气，"你也配说这话！实际上你干了些什么呢？你一天到晚只不过捡些树枝罢了，就这也值得吹嘘？我的工作可不一样。我要照料牛、儿子小卡尔·约翰，还要打扫房间、酿酒、烤面包、纺线、缠线、捻线、漂洗、织布、剪裁、缝缝补补——我干这一切都是为了不让你的肠子贴着你的脊梁骨，不让你穿得破破烂烂，免得丢人现眼！"

"别嚷嚷了！"老头子说，"你该喘不过气来了，你又是叫又是嚷嚷，好像你什么都清楚一样。但是谁也不会比穿鞋的人更清楚脚到底什么地方夹得慌，这一点儿是肯定的。"

"我不知道吗？"老太太冷静下来继续说，"但是如果你真的像你说的那样辛苦的话，我想我们明天换换工作吧。我到森林里去干活儿，你在家料理家务，这样就可以知道，到底谁最辛苦。"

老头子立刻表示同意。

第二天早晨，老太婆拿起斧头准备到森林里去，临走时她还嘱咐老头子："你在家要照看好小卡尔·约翰，喂好牛，还要烤面包，做奶油，把做晚饭用的绿白菜煮一煮，今天我要来看看你到底做得怎么样！"

"你放心吧！比这再难的事情我都没问题，走你的路吧，小心回来的时候别把胳膊和腿砍着了！"就这样，老太婆到森林里去了。

"我真不知道这一天她会怎么过。"他摇了摇头说。但现在不是站在那里想问题的时候，因为小卡尔·约翰醒了，他孤零零地躺在摇篮里开始叫起来。老头子从未听见过孩子这样叫喊！他赶忙走进屋去晃动摇篮，可是他是用男人的方式晃动的，他晃得越快，小孩儿叫得越厉害，他也就晃得越发起劲儿，直到小孩儿差点从摇篮里掉下来！他叫得真是可怕，老头子简直没了主意。

"你别像个狼一样叫了，求求你安静一会儿吧！"他使劲地晃动着小孩儿说，然而小卡尔·约翰叫得更凶了。

"你等一会儿。"老头子说着转身到床上取了个羽毛枕头放在小孩儿身上，他立刻不叫了。看到自己能很快地哄得小孩儿不哭，老头子认为在这方面他比老太婆还强。

现在他开始烤面包。他先点着炉子，再把面粉和水倒在一个揉面钵里，他开始揉哇，揉哇，卖力地揉起来。当他认为面团揉得恰到好处的时候，他就开始做圆面包，他做了一个又一个，有的大，有的小，有的圆，有的不成样子，看起来奇形怪状，但他还是马上烤起来。

"圆不圆都一样吃。"他说着便把它们扔到炉子里去烤。他本应该先用火钩把炉子清理一遍，可他没有意识到。把面包全部烤完以后，他瞪着两只眼睛呆呆地站在那里。"这面包烤得也真糟糕！"他说，但是他又想，不好也比没有强。

"我认为一切都成了，"他自言自语地说，"她回到家的时候，可以看到她从来没有见过也从来没有吃过的面包。"

人们常常说老年人的牙齿适合吃新鲜的面包，可是如果能来点瘦肉和啤酒岂不更好？老头子认为自己也可以安排一个小小的宴会。他想，当他在森林里累得腰酸腿疼的时候，老太婆肯定每天都在家里举行这样的宴会，因此他赶快到另外一间小屋里取了块肉，接着又来到地下室。

倒啤酒的时候手里是没法拿东西的，于是他把手里的肉放在台阶上。这时一条狗走过来嗅来嗅去，但老头子没有注意到。狗闻到了肉味，老头子刚把酒桶的塞子拿到手里时，狗已经来到他跟前，叼上肉就向森林里跑去。老头子在后面紧紧追赶，但是狗跑得太快了，老头子不得不放弃。

"从没见过这样乱七八糟的事！"他抱怨道，突然，他想到自己手里还拿着塞子呢，真糟糕！他急急忙忙跑回地下室，但是酒桶已经空了，啤酒渗到了地里。

老头子直挠头："这叫什么事！但是只要有面包就没有问题。"因此他走到屋里想拿一个面包尝尝，但是当他打开炉子盖，看到烤的面包成了一个个黑煤球的时候，他顿时不知所措。

他再次挠头，"我希望老太婆还是待在家里，"他说，"因为我把家里弄得一团糟，她在森林里一定也一样。她会把胳膊和腿都砍坏的，这一点肯定是无疑的。"他开始小声哭起来，但是现在考虑这些东西是不合适的，因为太阳已经升得老高老高的，他必须抓紧时间才能把活儿干完。刚才已说过，他还要煮绿白菜呢。他开始四处寻找。在房门旁边的一个钉子上挂着老太婆的崭新的上衣，这是他在这个房间里能找到的唯一的绿色东西，也许她指的就是这个？是的，一定是这样，因为这里没有别的绿色东西可拿。他取下上衣把它剁成碎片放在了一口锅里。但还必须有水才行，到泉边的路很远，而他还没开始做奶油呢。"没了主意真糟糕，"他想，"如果在去泉边的路上把搅乳器放在背上不停地摇动，那么我到家的时候，搅乳器里就有奶油了。"于是他就照此想法做起来。他把搅乳器背在背上，手里提着水桶，然后到泉边打水去了。

"老太婆就是活一百岁，也绝不会想出这么个好主意来。"他得意地想。他对自己很满意，所以下坡的时候，他的两条腿甩来甩去，走起路来还蹦蹦跶跶，搅乳器在他的两肩之间来回晃动。

但在匆忙中他忘记了盖搅乳器的盖子，所以当他来到泉边，把桶固定在泉边挂钩上正要弯腰的时候，搅乳器从他脑袋上掉下来，所有的奶油都流到了泉里。现在他可怎么办呢？他想挠头都不成，因为他满脑袋都是奶油。他还是把搅乳器捞上来了，但是回家的时候两腿不再甩来甩去，因为现在他很沮丧、很生气。

他刚要进门，又听到了牛棚里的牛的哞哞叫声，这时他才记起来，他还要照料牛呢。要他站在炉子旁边煮绿白菜，而同时还要跑到丛林里去放牛，这他可没办法，而且根本不可能。但是他很快想出了个办法。泥炭房顶在阳光下被照成美丽的绿色——在那里放牧一定不错！他想，他要把牛带到那里去。于是他在牛脖子上套上一根绳子，

费了九牛二虎之力才把牛弄到房顶上。他把绳子的另一端通过烟囱扔下来之后，跑回到屋里，把绳子拴在自己的腰上，然后开始做饭。

他想一切进行得还不错，他还不是个笨蛋。但是没想到，正当他做饭的时候，牛从房顶上掉了下来，腰上还绑着绳子的他简直像一个复活节女巫从烟囱里骑着扫帚飞上去了，然后耷拉着脑袋坐在那里。

就在这时，老太婆背着一捆荆条从森林里回来了。她一眼就看到牛靠墙悬吊着，便立刻把绳子割断。牛"扑通"一声掉在地上的时候，老头子也掉在了炉子里。老太太进来的时候，他正躺在那里。

"哎呀，哎呀，哎呀，"老太婆尖叫起来，"太可怕了，我不在家的时候你是怎么搞的？"

"哎哟，哎哟，哎哟……"老头子啜泣着，因为他无力说话，他被炉子里的烟呛得太难受了。老太太很快发现屋里被弄得一团糟。

肉不见了，啤酒桶空了，面包被烧成了煤球，奶油没做成，上衣在锅里，牛几乎被勒死，老头子被烟火呛。小卡尔·约翰呢？哎呀，小卡尔·约翰在羽绒枕头下面困难地呼吸着！

"太可怕了！太可怕了！"老太太说着说着开始大哭起来。

"以后你还是像从前一样料理家务吧。"老头子恢复了说话能力之后说，但他仍然在哭泣。

"你还是到森林里去干活吧。"老太婆说。

"好的，太好了。"他说。

第二天，他们又都干起了各自原来的工作。从那以后，老头子再也没和老太婆发生过争吵。

聪明的佃农女儿

　　从前有一个穷人，他有一小块土地，他和他的女儿就靠那块土地生活。

　　一天，他在地里干活的时候，偶然捡到一个用纯金做成的臼。但是只有臼，没有杵。他马上把臼带回家去，让自己的女儿看看，还说他一定要把它送给国王，因为他耕种的土地都是属于国王的。

　　他的女儿一向比较聪明，她认为在没有杵的情况下，他最好不要把臼送给国王。但是佃农不听女儿的劝告，仍坚持要见国王。他很快就意识到，女儿是多么的聪明啊！因为国王怀疑佃农自己把杵藏了起来，所以把他关在一个不见天日的牢里。

　　佃农现在非常后悔没有听聪明女儿的劝告，他坐在牢里，大声抱怨自己的愚蠢。他的话让看守听见了，看守立刻向国王报告了这一情况。

国王于是想试一试佃农的女儿是否真的像她父亲说的那样聪明。他让侍从给她送信，说如果她完成了信上要求她去做的事情，她就能够把她的父亲从牢里解救出来：她必须到王宫里来，但是既不要在白天来，也不要在夜里来；既不要乘车来，也不要走着来；既不要穿衣服来，也不要不穿衣服来；既不要在路上走，也不要走在路旁；既不要禁食，也不要吃饱。

对于这些要求，佃农的女儿是这样完成的：她黎明的时候起床，把一张渔网套在身上，然后把渔网结在一个牛角上，让牛在路上沿着车轮子留下的痕迹驮着自己走，早上她只吃了一棵葱。

国王对她的这一巧妙安排感到十分满意，他不仅把佃农放了出来，而且还娶了他的聪明女儿做王后。

过了一段时间，发生了这样一件事情：一天，有两个农民各自拉着一车粮食来到王宫。一个农民用牛拉车，另一个则用马拉车。正当他们的车停在那里准备卸货的时候，用马拉车的农民的马生了只小马驹。小马驹爬起来走到那头牛的旁边躺了下来。后来当两个农民走过去看见小马驹的时候，他们开始为到底谁该占有那只小马驹而争吵起来。用马拉车的农民说，小马驹是他的，因为小马驹当然是马生的。但是用牛拉车的农民却说，小马驹是他的，因为小马驹躺在了他的牛旁边。为这件事两个农民吵了很久，最后他们来到了国王面前，让国王为他们两人做出裁决。

国王觉得，这是一件很麻烦的事情，他需要考虑考虑。

用马拉车的那个农民于是又找到王后，请她帮忙辨别是非。这时王后建议他拿一根钓鱼竿待在国王能看见他的干地山坡上，装作在那里钓鱼。

那个农民照着王后说的那样做了。他站在那里钓鱼的时候，国王正好从他身边经过。于是国王问："你是发疯了吗？你怎么能站在干地上钓鱼？"

"噢，"农民说，"在这儿钓鱼对我来说就像一头牛能生一只小马驹一样容易！"

于是国王裁决他有理。但是国王立刻明白，一定是王后从中参与了这件事情。国王对王后以这种方式干涉他的事情异常恼怒，责令她回到自己的家中去，不过她可以把宫中她最喜欢的东西带走，这是自己对她的宽恕。

临行前，国王还安排了一个小小的告别宴会。王后悄悄给国王制作了一种安眠作用很大的饮料，以至于他喝了以后坐在那里手里拿着杯子就睡着了。然后王后把他带回到她父亲的家里去了。

等国王醒来的时候，他不知道自己是在什么地方，立刻惊恐不安地叫起来："我是在什么地方？我是在什么地方？"

这时，佃农的女儿走进来跪在他的面前说："我亲爱的国王陛下！你曾答应，我可以从宫里带走我最喜爱的东西，因为你，我的国王陛下是我所最喜爱的，所以我把你带回到我的贫穷的家里来了。"

这一回答使国王异常感动，他被佃农女儿的聪明才智所深深打动，紧紧抱住了她，并高兴地把她带回了王宫。

阅读小练笔

YUEDU XIAOLIANBI

一、选择题。

1.《诚实最长久》中，弟弟分得了财产之后，（　　　）

A.用分到的钱买了一艘大船，还买了许多货物装满了船，准备到世界各地去销售。

B.认为许多钱来路不明，将钱扔进了海里。

C.将自己所有的钱交给哥哥，请哥哥为他也赚点儿什么。

D.将他所有的钱都买了猫。

2.《诚实最长久》中，王宫桌上所有的饭菜都用东西盖着，每一个盘子旁还放了一把稻草，这样做的原因是（　　　）

A.为了防止人们偷吃饭菜。　　　　　B.装饰美观。

C.防止老鼠偷吃饭菜。　　　　　　　D.这个国家的独特的风俗。

3.下列对《诚实最长久》的叙述错误的是（　　　）

A.小岛上的这个国家没有猫这种动物。

B.哥哥最后开回家的船上的财产都是哥哥用分得的钱换来的。

C.哥哥买猫用的钱是弟弟给他的一枚硬币。

D.哥哥的船被巨浪打到了小岛上，但是此时他的金银财宝没受到损失。

4.《交换工作》中，老头子要和老太婆交换工作的原因是（　　　）

A.老头子更喜欢在家里料理家务。

B.老太婆在森林里干活干得比老头子更好。

C.老头子认为老太婆在家里太舒服了，觉得在森林里更辛苦。

D.老太婆不喜欢在家里干活，想要出去赚钱。

5.佃农把发现的纯金的白送给国王，却反而坐牢，是因为（　　　）

A.国王想将这个纯金的白占为己有。

B.国王想见见佃农的女儿。

C.国王认为佃农将纯金的杵藏了起来。

D.佃农想让国王给他回报。

6.《聪明的佃农女儿》中，国王为什么让王后回到自己的家中去？（　　）

A.国王对王后干涉他的事情异常恼怒。

B.国王认为王后比他更聪明，显得国王很愚笨。

C.国王认为王后已经不聪明了。

D.国王不想让王后帮助那位用马拉车的农民。

二、填空题。

1.《交换工作》中，老太婆每天的工作是（　　　　　　　　　　　　　　　），交换工作后，老头子这一天的工作是（　　　　　　　　　　　　　　　）。

2.国王想试试佃农的女儿是否真的聪明，向她提出了几个要求：让她到王宫来，但是既不要在白天来，也不要在夜里来；（　　　　　　　　　　）；既不要穿衣服来，也不要不穿衣服来；（　　　　　　　　　　）；既不要禁食，也不要吃饱。

3.佃农的女儿为了完成国王的要求，在（　　　　　　　　）时候起床，把（　　　　　　　　　　）套在身上，让（　　　　　　　）驮着自己走，吃的是（　　　　　　　　　）。

三、判断下列说法是否正确，正确的画"√"，错误的画"✕"。

1.《诚实最长久》中，弟弟的钱全都沉入了大海之中。（　　）

2.《诚实最长久》中，最后哥哥用给弟弟买的猫换来了财富，所以哥哥带了两大船的财富回家。（　　）

3.《交换工作》中，老头子将老太婆的绿色上衣当作绿白菜煮了。（　　）

4.《聪明的佃农女儿》中，两个农民因为小马驹而争吵，国王将小马驹判给了用牛拉车的农民。（　　）

5.聪明的佃农女儿成了王后。（　　）

四、简答题。

1.《聪明的佃农女儿》中，王后用什么方法让国王将小马驹判给了用马拉车的农民？在被国王责令回家后，王后又是以什么方法感动了国王？

2.《交换工作》这个故事中，老头子在家里料理家务时所闹出的笑话有哪些？

英国民间故事

阅读小贴士

　　英国是一个航海国家，在依靠海洋过活的人们中间，流传着许多富有浪漫色彩的故事。不论是史书还是小说都告诉我们，英国的18世纪是一个强盛而又浪漫的时代，一个粗俗与高雅并存的时代，同时也是高贵与贫贱营垒分明的时代。英国民间故事突出了对善良、勇敢和机智的赞美，对愚蠢、自私的批判和讽刺。

泛滥的斯莫湖水

　　山那边走过来一位老人，由于长途跋涉，他显得有些疲惫。最后，他终于到达了令他感到亲切而又陌生的美丽的温斯莱戴尔。从前的哈佛斯小城堡已经不复存在，而山边的斯莫湖旁耸立着的是另一座高贵、骄傲的城市，不过它的名字现在也没有人记得起来了。城墙又高又厚，但还是能看到城里的高楼大厦；昔日住在这些高楼大厦里的人们，如今还是生活得很舒服。

　　城门外，牧羊人仍在为他们的主人终日辛劳，每天放羊回来时都要用他们凯尔特人的古老方法数羊："一，三，六，九，一打，一打三，一打六，一打九，两打……"日落收工后，牧羊人轻手轻脚地走进他们在城外山上或城门边的小石屋，吃最清淡、最简单的食物，生活十分清苦。但是在城里，羊的主人们却用牧羊人辛勤劳动换来的钱，过着花天酒地的生活。他们连喂狗的粮食也不肯施舍给穷人，只把自己餐桌下狗吃剩的骨头扔给他们。

前面提到的那个上了年纪、疲惫不堪的赶路人，站着看了那座美丽的城堡一会儿，真希望自己现在能在城堡里，美美地洗个澡，好吃好喝一顿，然后再香甜地睡上一觉。他实在是太饿太累了。他想，他会受到欢迎的，因为谚语中也说："约克郡的人们是好客的。"

他拉响了城堡的门铃，直至开了门才撒手。进入城门，他径直走到了那座最豪华的大房子门前。但是房子的主人并不欢迎他，让他离开到别处去。他又去叫别的门，也受到了同样的冷遇。整整一个酷热的下午，这个老人迈着蹒跚的步履，从野外走到城堡，从城堡走到民宅，从这所民宅走到那所民宅，又累又饿，几乎就要晕倒了，却没人施舍一点儿东西给他，他甚至连一点儿残羹剩饭也没得到。那些游手好闲的仆人们嘲笑他，放出狗来吓唬他，把他轰出城外。那些小商人、小店主、纺织匠，一个个扬扬自得，他们又傲慢又吝啬，对这个老人一毛不拔。

黄昏降临时，老人拖着沉重的步子走出城门，敲开城墙对面的小石屋的门。屋内，一个贫苦的牧羊人刚从山上归来，正坐在桌子旁吃他那清淡的晚饭。当牧羊人的妻子打开门时，老人双腿发软，险些倒在地上。"我又饿又累，"他喘着粗气说，"请给我点儿吃的，让我住下吧。"

他们扶起了他，把他搀到屋里，端来水给他洗漱，让他坐在这间陋室中最好的位子上，把他们仅有的一点儿食物——奶浸的面包和羊骨汤拿出来给他吃。他吃饱后，他们又让他在他们家休息。主人的热情款待使他万分感激。第二天早上，老人的体力完全恢复了。太阳一出来，牧羊人已准备好到山那边放羊去了。老人和牧羊人一起出门，直

到了山坡处，他们才不得不分手。这个行路人迈着有力的双腿，爬上山顶，停下来回头望着这个坐落在斯莫湖边的傲慢的城市，美丽的晨光正把它在水中的倒影笼上一层金色。

这位行路人举起手来，对美丽的湖面说道："斯莫湖涨吧，斯莫湖落，淹没一切，留下小屋！小屋的主人给了我吃喝！"

他话音刚落，山间刮来一阵风，风越刮越大，一直刮到湖上，平静的湖面顿时巨浪滔天。暴雨随之而来，风越刮越猛，雨越下越急，汹涌的湖水顷刻间就把整个城堡包围起来；巨浪一个接一个地猛烈拍打着城门和城墙，很快，那又高又厚的城墙被冲开一个豁口，洪水沿着豁口涌进了这座高楼鳞次栉比[1]的城市。

昨天老人在那里还被那些高贵主子的下人们嘲笑的城市，如今高楼大厦一幢幢地倒塌，砖石被洪水卷到山边，冲到湖中。那些达官贵人、大商小贩、男仆女佣、老老少少全被洪水吞噬了。

当阳光再现时，这座曾经骄傲一时的城市已荡然无存了，只有山边的那座小石屋还在。因为当暴风雨降临之际，太阳始终照着它，它周围的洪水马上被晒干，所以小石屋安然无恙。如果这座城市和它的市民不是那么傲慢、那么不好客的话，那么太阳也会晒干它周围的洪水的。

据说，直到现在，每当风平浪静的夏日黄昏，红红的夕阳照着斯莫湖湖面的细浪，粼光闪闪，这时你就可以看见湖面上呈现出那座曾经非常美丽的城市。如果在那儿站上一会儿，仔细聆听，你还可以听到繁华城市的喧闹声、山边羊群的叫声以及牧羊人的吆喝声。

---

①鳞次栉（zhì）比：像鱼鳞和梳子的齿一样，一个挨着一个地排列着，多形容房屋等密集。

第十二个人

　　愚人村里的人喜欢钓鱼。一天，天气很好，这个村的十二个人带着钓鱼用具出门去了。到了河边，为了每人都公平地有一个钓鱼范围，他们便分散开。他们有的坐在河边，有的站在水中，有的则趴在小拱桥的栏杆上。鱼总是上钩，太阳快下山时，他们已经钓了很多鱼了。

　　正当他们收拾渔具准备回家时，其中有个人说："今天真是个好日子！真是个好日子！我们当中没有一个人掉进水里淹死，真是件值得庆幸的事呀！"

　　"要是这样，"另一个说，"我们真得感到庆幸……可我们是不是真的全都健在？我想我们最好还是数数吧，免得出什么岔子。"

　　于是，他们便各自数开了，数了一遍又一遍。

"你数了有几个人？"其中一个问另一个。

"我数了有十一个人。"

"唉，我也数了有十一个人。"

人人都数了有十一个人，因为都只数了别人，没算上自己。于是，他们都焦急、悲伤起来。

"乡亲们，"一位长者说，"刚才大家都数了，一个沉痛的事实摆在我们面前——我们出来时是十二个人，可集合准备回家时只有十一个，有一个人失踪了。也许他被淹死了！我们该怎么办呢？"他们开始你一言我一语地想办法，但他们都因失去伙伴而过度悲痛，以至于没人能想出一个好主意。

当他们还待在那儿想办法的时候，远处来了一个骑着一匹骏马的青年，这青年长着一张漂亮的脸，一边骑着马，一边愉快地唱着歌。他走近桥时，发现桥上有一群愚人村的人，他们正为失去一位亲爱的朋友和邻居而急得抓耳挠腮。

那个愉快的过路人勒住了马的缰绳。

"诸位，很高兴遇到你们，"他说，"看得出，一定有什么事在困扰你们。我能为你们做点儿什么吗？"

"先生，"那个长者说，"我们丢失了一位伙伴。今早我们十二个人一起出来钓鱼，而现在要回家时只剩下十一个人了。"

那个青年坐在马上，看着他们数了数，然后说道："你们那位伙伴还活着。如果我给你们找到他，你们给我什么报酬？"

"我们有什么就给你什么！"他们全都说道，"你要什么就给你什么！"

"你们把今天钓来的鱼都给我，行吗？"他问。

"当然行了！"长者说，"把鱼全给这位先生，你们同意吗？"

"同意！同意！"他们欢呼道，"这样的帮助，给这点儿报酬可不算什么！"

那青年跳下马，让他们背靠栏杆站成一排。年轻人轻轻地拍了一下第一个人的胸脯，说："一！"接着拍第二个，说："二！"这样一个一个地数下去，"十一——十二！"他说，"看，这就是第十二个！"

愚人村的人们欢呼起来了，又是激动，又是感谢。

"先生，"长者说，"我们真不知道该用什么语言才能表达和形容你对我们的恩德。把这些鱼都拿去吧，把它们当作我们的谢意。我们又可以和出门时一样愉快地回家了。"

这个青年很痛快地把鱼装进自己的篓子里，骑上马，奔最近的市场去了。而这时，愚人村的渔夫们回到了村里，还在为他们幸运地遇到这位青年而庆贺不已。

三个聪明人

　　很久以前的一个清晨，村里有个人早早起来赶路去诺丁汉。当他走过一座拱桥时，一位乡亲和他迎面相遇。

　　"早上好！"那位乡亲说。

　　"早上好！"他说。

　　"你上哪儿去呀？"乡亲问道。

　　"去诺丁汉。"

　　"去诺丁汉干什么呀？"

　　"怎么啦？去买羊啊！"

　　"你是说去买羊？"

　　"是呀，去买羊。"

　　"你走哪条路把它们赶回来？"

"真奇怪！当然走这座桥了。"

"不！你不能走这座桥。"

"谁说的？"

"我说的。"

"哼，我偏走。"

"我说啦，你不能走！"

就这样，要买羊的那人看了他一眼，然后好像已经买了好多羊似的，抡起棍子赶羊。那个乡亲也举起棍子，把羊轰回去。两人互相盯着对方，把棍棒攥得紧紧的。

"去，走开！"第一个人用棍子狠敲了一下地面。

"去，你走开！"另一个人瞪着对方。然后他们尖叫着，吆喝着，挥动棍子狠敲着桥面去轰赶想象中的羊。

"去，滚开！"买羊人抓住他的乡亲，狠狠地敲了他一棍子。

"去，你滚开！"另一个人重重地反敲了对方一棍。

接着，两人厮打得难解难分，直到双方从头到脚都是青一块紫一块，连气都喘不过来了才停下来。但是他俩谁也不服输。

不一会儿，从村里又出来了一个人，赶着一辆装着一袋谷子的马车，准备送到磨坊去脱粒。他看到了这两位乡亲，奇怪他们为什么彼此怒目相视。于是他跳下马车，走近两人。

"你们这是怎么啦？"他说。

"我说，我要从这座桥上赶羊过去。"一个说。

"我说他不能！"另一个说。

两人你一句我一句地又吵起来，接着又打了起来。新来的那位让他们俩给弄糊涂了，等到他们停下来喘气时，便问道："老乡，羊在哪儿？"

"唉，"第一个人说，"我不是要去诺丁汉买羊吗？"

第三个人哈哈大笑起来，觉得他们真是愚蠢到家了。

"你们真是一对傻瓜！"

"怎么？"一个说。

"为什么？"另一个问。

"来，"第三个人说，"让我来告诉你们，为什么你们是一对大傻瓜。先来帮我搬一下口袋。"

为了弄清自己究竟怎么会是傻瓜，那两个人看着第三个人把马车赶到小桥边，然后帮他把一袋沉重的谷子拽到车边缘上。

"帮我把这个口袋放到背上。"口袋的主人说。他们俩顺从地把口袋放到口袋主人的肩上，这人摇摇晃晃地把这沉重的口袋背到桥边，然后放到了桥栏上。

"别动口袋的口。"他说。为了看看他是怎么个聪明法，他们都没去碰口袋。就这样，他慢慢地拉起口袋的底，金黄色的谷子流出来了，像瀑布一样直泻到小河里。

当一粒谷子也不剩时，他拎起口袋的角抖了抖，表明里面确实空了。

"现在，你们这两个傻瓜说说看，口袋里还有多少谷子？"他说。

"嘿！没了！"一个说。

"空了。"另一个说。

"说得对极了！"他说，"你们的脑袋就和这口袋一样，是空的。你们俩居然为了不存在的羊大吵一场！"

小精灵

　　一场罕见的大雪袭击了法恩带尔地区，厚厚的积雪覆盖了荒野上的一切。寒风吹过，雪堆上升起薄雾般的蓝白色涡流。峡谷堵塞，河流结冰，白色的死神悄悄降临约克郡。冰天雪地里，似乎一切生命都已消失，但是农场上的情景却略为不同，那儿的人们必须照料牲畜，熬过漫长寒冷的冬季，直至春风再次吹拂大地。

　　在老乔纳森·格雷的农场里笼罩着焦急的气氛。这场大雪把很多羊都困在了荒野上，一些母羊受了冻可能会流产。因为祖辈几代人的辛勤劳作，乔纳森的农场在这一带是有名气的。尽管日子过得并不富裕，可他的妻子特别能干，家庭和睦，即便是在农场帮工的人也觉得十分自在。

　　拉尔夫从十岁起就来到了乔纳森家里，跟乔纳森学做各种农活。

待他长成一个强壮高大的青年时，手艺已超过了他的主人，成了远近闻名、技术超群的行家里手。为了感谢乔纳森夫妇的培养，他尽心尽力地干活。因此，在羊群遇难的紧急关头，他便自告奋勇到雪地里解救羊群。乔纳森夫妇目送着他手持牧羊杖，迈着坚定的步伐出发了。一阵暴风雪吹过，拉尔夫已无影无踪了。

几个小时、几天、几个星期过去了，拉尔夫没有回来。等到雪过天晴后，人们出去寻找，才发现了冻死在雪堆里的拉尔夫。拉尔夫的死对农场是一个沉重的打击，乔纳森失去了一个好帮手，一个最忠实的仆人。他们夫妇像失去了亲生儿子一样悲伤，忧愁笼罩着一切。

这天夜里，乔纳森愁眉不展地躺在床上，无法入睡。忽然，从隔壁谷仓里传来一阵奇怪的声音，"砰、砰、砰"，这响声平稳地、有节奏地响个不断。他怀疑自己是不是在做梦。不一会儿，他的妻子也被惊醒了。他们坐起身侧耳细听。几分钟后，所有的人都醒了。他们一个个头发蓬乱、睡眼蒙眬，裹着毯子或被子，趿着靴子，挤在一起互相打听。

"是什么东西在响？"受惊的女佣们挤在一起。一个男仆道："有人在谷仓里打谷子！"

他们又听了一会儿，乔纳森说："真的，有人在谷仓里打谷子！"他这样说着，却没有移动脚步上前查看，其他的人也不敢贸然走过去。于是他们又各自回到床上，又惊又怕、疑惑不安地过了一夜。一直到东方发亮，那声响才停止。乔纳森领着大伙小心翼翼地走到谷仓门口，向里张望——谷仓里竟出现了一大堆麦粒。他们几乎难以相信自己的眼睛，这么多的活，就是拉尔夫在世也干不了！

欧洲民间故事
OUZHOU MINJIAN GUSHI

第二天夜里，神秘的打谷人又开始干活了。乔纳森认为还是不要打扰他为好。待到所有的谷子都打光的时候，人们已习惯了那种声音，可以入睡了。从这时候起，隐形人就成了农场的一员。秋天他把干草拉进谷仓，夏天他收割庄稼，春天他在地里播种。尤其是在剪羊毛的季节，他更显本领出众：在一夜之间不仅把整个羊群的羊毛剪完，还把它们仔细打成卷。乔纳森和农场的工人简直没活可干了。人们都相信，现在的农场吉星高照，好运来临。

有的人认为暗中帮忙的一定是拉尔夫的鬼魂，但更多的人猜测，如此能干的一定是全约克郡人都知道的小精灵。他们身材矮小，皮肤呈褐色，身上长着粗粗的毫毛，被人们称作"顽皮的小妖精"。他们对人类友好，经常帮助人，性情温和。他们最不能忍受的就是让他们穿衣服。住在伦斯威克海湾山洞里的小精灵，是最有本领、最乐于帮助人的一群。他们的特殊法术会治好患百日咳[1]的孩子。如果想得到他们的帮助，只需把孩子带到洞口，念上几句：

山洞精灵，山洞精灵，
我可怜的孩子咳个不停，
请你给他去治病。

然后回到家里，一两天后孩子的咳嗽就会痊愈。

乔纳森·格雷对帮忙的小精灵非常感激和满意，也就不在意他是

---

[1]百日咳：婴幼儿常见的一种由百日咳杆菌引起的急性呼吸道传染病，以阵发性痉挛性咳嗽、伴有鸡鸣样吸气声为主要特征。

不是拉尔夫的鬼魂。过了好长一段时间以后，他和妻子商量怎么才能既不得罪又能报答小精灵的好心。妻子很聪明，她建议每天晚上在谷仓里放上一碗最好吃的奶酪。他们试了一次，第二天碗里的东西果然不见了。

从此，小精灵就一直在农场帮忙，而主人们也从未忘记每天给他一碗奶酪作为报酬。几年以后，乔纳森夫妇已经十分富有，不过，像任何人一样，他们终有生命结束的一天，这个农场也就传给了他们的儿子。小精灵依然如故，每晚干两个壮劳力的活，得到一碗奶酪。农场一直保持着平静与繁荣。作为乔纳森的孙子、第三代农场继承者也叫乔纳森，他接管了全部农场和小精灵，他的妻子玛杰里像母亲和曾祖母一样，每晚按时给小精灵奉上一碗上好的奶酪。

然而，没有一个人的好运气能够天长地久地保持下去。正值青春年华的玛杰里不幸去世，留下了孤孤单单的乔纳森。玛杰里死后，他才意识到她所干的活和小精灵干的一样多，一样重要。没有了她，不能按时开饭，衣服总是洗不干净，孩子们也常常生病。最悲痛的时刻过后，常识告诉他应再找一个妻子。尽管他没有心思去经营此事，但没过多久，玛杰里的位置还是有人代替了。

婚后不久，乔纳森就发现第二个妻子远不如玛杰里能干，并且生性爱妒忌，自私小气。她不仅克扣雇工的工钱和伙食，而且盘算起为小精灵准备的奶酪。

"你的那个精灵！"她气呼呼地说，"吃这么好的奶酪，我们这些人却只有牛奶喝。谁能肯定是小精灵吃掉了奶酪？也许是猫或老鼠吃掉了。要是继续这么喂下去，我们会变穷的。"

乔纳森听了这些话并没在意。他想："只要我还是农场的主人，就得照样酬谢小精灵。"但是，有了这样唠唠叨叨、一意孤行的妻子，丈夫还能是自己农庄的主人吗？冬季来临了，牧草、黄油渐渐少了，市场上奶酪的价格直往上涨，乔纳森的妻子一天天减少给小精灵的奶酪，直到有一天晚上，丈夫还在干活，她仍像往常那样给小精灵放了一个碗，然而碗里盛的东西却只有一点儿脱过脂的淡牛奶。

也就是在这天夜里，小精灵干活的声音在持续了几十年后第一次中断了。不再有人给农场打场、修理马具、梳理羊毛和纺线了。春天到了，小精灵不再帮着晾晒干草；夏天来临，小精灵不再帮着剪羊毛；秋天里，小精灵不再收堆干草、捆扎草垛、运送进仓。农场变得很不景气，更糟糕的事接二连三地发生。刻薄的妻子用搅拌器做黄油时，无论怎么做也做不成。家里所有的乳酪都长满了黑霉，装在袋子里、挂在房梁上的火腿生了蛆，制好的咸肉竟然变了质，就连准备在圣诞节上市场去卖的肥鹅也被狐狸偷走了。奶牛不再产奶，羊蹄长疮，养的猪纷纷死于瘟疫。以前所有的好运转眼间都变成了灾难。

接踵而来的是房子里开始闹腾起来。从前小精灵干活时发出的声音开始平静下来，取而代之的是各种各样可怕的喧闹声：厨房里像有人在扔东西，火钳、通条、铁铲"乒乒乓乓"地被扔在地上，铝盘铝锅上金属勺子叮当乱敲，陶盆瓦罐互相碰撞成碎片，水壶水桶铿锵作响。在其他房间和门厅里，哭嚎声、咚咚声、砰砰声，震耳欲聋，使人听了手脚冰冷。无形的手扯掉床单，熄灭蜡烛，移动家具，锁住房门，打开院厅，让牲畜们自由自在地跑向荒无人烟的野地里。

这样可怕的地方谁还能忍受？仆人无法在屋子里停留，雇工们也没法在地里干活了，纷纷辞工而去。

乔纳森对此一筹莫展。原来那个健壮、快乐、成功的农场主不见了，取而代之的是一个贫穷、焦躁、衰老的人。尽管他一直怀疑是妻子得罪了曾经帮助过祖父、父亲创立家业的小精灵，但他的妻子却不承认。过了很长时间以后，她才告诉丈夫她曾经有一次只给小精灵放了一碗脱过脂的淡牛奶。

乔纳森知道事情的起因以后失望极了，他非常清楚小精灵是在报复他。尽管他试着用很多方法平息小精灵的恼怒，但是毫无作用。最后，精神低落、病病歪歪、一贫如洗[1]的乔纳森只好决定离开这个经营了几代的农场，去他乡谋生。

除了家里的人，没有外人来帮忙捆行李，当然也没这个必要，因为他的东西已经少得可怜了。装车也十分简单，留在农场里唯一的一匹马垂首站立在两辕之间准备驾车。最后被装上车的是那张古老的鸭绒床垫——几代农场主都是在这张床上出生、去世的。它被放在其他破烂的上边，那台陈旧的木搅拌器也被竖立在车子上。刻薄的妻子爬上车坐在床垫上，沮丧的乔纳森坐在车前，抓起缰绳，悲伤地看了被抛弃的、生他养他的农场最后一眼，便驾起马车出发了。马车载着悲伤的一家缓缓地上了大路。

---

①一贫如洗：形容穷得一无所有，就像被水冲洗过一样。

阅读小练笔

YUEDU XIAOLIANBI

一、选择题。

1.《泛滥的斯莫湖水》中，赶路的老人到达城里之后，遇到了哪些事情？（　　　）

①每个房子的主人都不愿意施舍任何东西给他。②游手好闲的仆人们嘲笑他，放出狗来吓唬他，把他轰出城外。③那些小商人、小店主、纺织匠们傲慢又吝啬，对老人一毛不拔。④城堡的主人收留了他，并给了他吃的。

A.①②③　　　　　B.①③④　　　　　C.①②④　　　　　D.①②③④

2.《第十二个人》中，愚人村的人总是数了只有十一个人，是因为（　　　）

A.他们之中有一个人走丢了。

B.他们每次数人时，都是只数了别人，没有算上自己。

C.他们来的时候一共就是十一个人。

D.愚人村的人不会数数。

3.《三个聪明人》中，买羊人和他的乡亲打架的原因是（　　　）

A.他的乡亲说不让买羊人去买羊。

B.他的乡亲说不让买羊人买的羊过桥。

C.买羊人弄丢了他的乡亲的羊。

D.买羊人不让他的乡亲走这座桥。

4.下列对《小精灵》的叙述不正确的是（　　　）

A.小精灵在老乔纳森·格雷的农场因大雪而遇到困难时开始出现，帮助他们的农场。

B.老乔纳森·格雷的妻子为了报答小精灵，每天晚上在谷仓里放上一碗最好吃的奶酪。

C.小精灵对人类友好，经常帮助人，但是他们的性情很暴躁。

D.住在伦斯威克海湾山洞里的小精灵，是最有本领、最乐于帮助人的一群。

5.《小精灵》中，第三代的乔纳森遭到小精灵的报复是因为（　　　）

A.小精灵不满意每晚只有一碗奶酪了。

B.乔纳森的第二任妻子一天天减少给小精灵的奶酪，甚至只给小精灵一点儿脱过脂的淡牛奶。

C.小精灵们认为乔纳森没有给他们足够的报酬。

D.乔纳森认为小精灵们干的活儿太少了。

二、填空题。

1.《泛滥的斯莫湖水》中，（　　　　　）时，这位老人拖着沉重的步子出了城门，敲开了（　　　　　）的门，被（　　　　　）所收留和照顾。

2.《第十二个人》中，愚人村里的人出去的时候一共有（　　　　　）人，但是回家时他们自己数却只有十一个人，最后他们用（　　　　　）报答了那位帮助他们的年轻人。

3.老乔纳森·格雷的农场因为大雪而遇到困难，在紧急关头，（　　　　　）自告奋勇去雪地里解救羊群，最后冻死在了雪堆里。

4.《小精灵》中，小精灵身材（　　　　　），皮肤呈（　　　　　），身上长着（　　　　　），被人们称作（　　　　　）。他们最不能忍受的就是让他们（　　　　　）。

三、判断下列说法是否正确，正确的画"√"，错误的画"×"。

1.《泛滥的斯莫湖水》中，牧羊人将家中仅有的面包和羊骨汤拿出来给这位可怜的老人吃了。（　　　）

2.《第十二个人》中，愚人村的人发现了失踪的第十二个人淹死了。（　　　）

3.《第十二个人》中，年轻人让愚人村的人依次报数，帮助愚人村的人"找到"了第十二个人。（　　　）

4.《三个聪明人》中，最聪明的是那个有谷子的人。（　　　）

5.第三代乔纳森搬家时，没有外人来帮忙，最后被装上车的是那台陈旧的木搅拌器。（　　　）

四、简答题。

1."三个聪明人"这一标题有什么含义？

2.小精灵对第三代乔纳森实施了报复之后，发生了哪些事情？

欧洲民间故事 OUZHOU MINJIAN GUSHI

南斯拉夫民间故事

阅读小贴士

　　南斯拉夫是一个欧洲国家，由于它的地理位置离中东比较近，因此它的民间故事既有欧洲特色，又有亚洲风采，可谓融东西方文化于一体。这些故事讴歌了善良、正义，鞭挞了贪婪、欺骗和丑恶，表达了人们对真、善、美的向往，对美好生活的追求，激励着人们积极向上，勇于进取。

茨冈人^①的故事

　　森林深处有一座废弃的磨坊，那里很久没有人去光顾了，据说那儿常闹鬼。

　　有一天，一个茨冈人偷了一袋玉米，正在盘算着去哪儿磨粉，才能不让别人知道。于是他想起了森林中的这座旧磨坊。

　　他对妻子说："给我准备一个面包和一块鲜黄油，我夜里去磨玉米粉。"

　　茨冈人进了磨坊，点燃松脂，关好门，开始干起活来。正在这时，一位巨人路过这里，他听到磨坊里有水轮转动的声音，十分好

---

　　①茨冈人：指吉卜赛人，以过游荡生活为特点的一个民族。其足迹遍及欧、亚、非、美等洲。在南斯拉夫，有"没有茨冈人就不能被称作城镇"的谚语。

奇，就来到磨坊前敲门："开门！"

"不开！"茨冈人说。

"开门！"巨人大声嚷起来了，"不然我揍死你！"

茨冈人从袋子里摸出黄油，抓在手心，把手指头从砖缝中伸过去。黄油溶化了，从指头上流出来。"来吧，你这个暴徒！"茨冈人叫道，嘿嘿地笑了，"你瞧，这块砖为什么会流水？你莫非想要我把你的肠子全都掏出来？"

巨人听了，赶忙换成温柔的口吻说："你干吗要发这么大的火？我们可以言归于好，我本人也不是胆怯之辈！"

茨冈人开了门，他和巨人坐到天亮，互相吹捧着自己。后来，巨人感到饿了，说道："茨冈人，我们一起去吃早点吧！"

"我给自己准备了早点，你想吃什么自己动手弄好了。"茨冈人回答道。

"行，我去找头牛来吃。一头大牛足够我们两个人吃的，你去拾点柴火准备烤肉吃。"巨人从附近牧场赶来一头牛，他把牛杀了，取出了内脏，用叉子叉着牛肉烤着。去拾柴的茨冈人却未见回来。巨人就到森林中去找，他看见茨冈人慢腾腾地在一株大水青冈树下挖洞。巨人诧异道："你这是在干什么？"

"等一会儿你就知道了，我不想一点儿点背着柴来回跑，想把这棵大树整个地拖到磨坊去！"

"我们要一整株树干吗？"巨人发怒道。他折了几枝大树枝，放在肩上扛回磨坊去了。

"你喜欢做什么？是去提水呢，还是用叉子烤牛肉？"巨人问。

茨冈人答道："我来烤牛肉。"

巨人操着一张牛皮取水去了，等他取水回来，只见牛肉的一边烧焦了，而另一边完全是生的。"你为什么不翻边呢？四边都要烤哇！"巨人用责备的口吻说。

"我只要一边就足够了，"茨冈人从牙缝里挤出来一句，"如果你觉得少了，就自己翻吧！"

巨人把牛肉翻了一边继续烤。不一会儿，牛肉熟了，巨人就说："现在开始吃吧，看看我们当中谁是真正的能人！"

巨人在这边吃肉，茨冈人则在另一边吃。茨冈人吃不了这么多，就一边吃一边把牛肉悄悄地放到衣袋里，衣袋被装得鼓鼓的。最后巨人吃饱了，连气都喘不过来，剩下的牛肉也不吃了。但茨冈人还吃得津津有味。巨人见了，十分敬仰，拥抱茨冈人道："好兄弟，这下我服你了，你跟我走吧，我想给自己的伙伴们介绍一位真正的好汉！"

茨冈人十分高兴，他们便一起来到巨人村。一群巨人正在园子里收樱桃，巨人把树枝压弯了，然后一只手按住树梢，一只手摘樱桃。茨冈人很喜欢这个工作，他来到一位巨人身边，装作帮他压树枝的样子，另一只手一颗一颗地把樱桃往嘴里送。突然，巨人松开了树枝，树枝抻直了，茨冈人一下子被弹上了天，掉下来时，正好看见树上的大鸟窝里有一只鸟鸦在孵雏鸦，他立即捉了一只小鸟鸦放进衣兜里，从容地爬下树来。

"你怎么被树枝弹飞了？"巨人问。

"弹飞？不是的，是我看见天上有一只鸟，就跳起来去抓。你看！"茨冈人一边说着，一边从衣袋里掏出鸟鸦。

这时，不知从哪儿窜出来一只兔子。茨冈人叫道："抓住它！抓住它！"

巨人拔脚就追，追了好一阵，还是没逮住兔子。

"你呀，"茨冈人讥笑道，"如果连地上跑的野兽都追不上，怎么能到天上去抓飞鸟呢？"巨人们听了他的话，都佩服得五体投地。他们带茨冈人去见头领，向头领介绍他们亲眼看到的奇迹。头领非常高兴，要茨冈人留在这里和他们一起生活。

早上，头领派两个巨人和茨冈人去运水，给每个人发一张牛皮做的皮囊。可怜的茨冈人连一张空皮囊也是费了九牛二虎之力才拿得动，他一会儿放在地上拖，一会儿放在背上扛。同时，他不停地思考着如何摆脱这难堪的处境。

他们来到泉边，巨人们装满了一皮囊水。茨冈人一点儿也装不进，他便摸了一把铁锹，想从源头挖一条水渠直通家里。

"你在干什么？"巨人们问。

"难道你们看不见？"茨冈人回答说，"本来可以把水直接引到家里去，为什么要每天去提水呢？把水引到家里不是更好吗？每天都有新鲜水流下来！"

巨人们说："不要挖水渠！水渠会把我们住的地方淹掉的。"

"不会的，我要挖！"茨冈人坚持道，"我无论如何都不去提水！"

"亲爱的，请千万别再挖了，我们把你连皮囊水一起提回去！"

巨人们回去后把情况向头领报告，头领说："既然如此，就不要让他去提水，我叫茨冈人到森林里去砍柴。"

早上，头领派两位巨人和茨冈人一起到森林里去砍柴。巨人们走进森林，砍下一棵水青冈树，把它锯成几段，放在肩上扛着。而茨冈人却解开一条非常长的绳子，这条绳子是他从家里带来的，几乎把半个树林都围住了。

　　"你这是要干什么？"巨人们惊奇道。

　　"没什么。干吗每天早晨要到林子里来砍柴呢？我一下子就能搬回十天半个月的柴火。"

　　巨人们议论开了："亲爱的，这用不着！你把柴枝都堆到院子里的话，我们就只得从劈柴堆上爬过去才能进门了！"

　　"我只愿按自己的办法去做，我才不想每天去运什么柴。"

　　"请你听我们的话，我们把你和你的那捆木柴一起运回去！"

　　后来，巨人们天天劝茨冈人，但他根本不愿听。巨人们只好向头领说了茨冈人的情况。头领听了，便对茨冈人说："我们住的地方本来就够乱的了，小伙子都住得很挤。现在赠给你五十杜卡特金币，你拿着另找好地方去安身吧！"

　　"我不想到别的地方去！"狡猾的茨冈人回答道，"我在这儿挺不错。我和你们就像针和线一样不能分离，你们去哪儿我也跟着去！"

　　夜里，茨冈人睡在火炉边，那儿又舒服又暖和。他听见巨人们在房里商谈什么："应该把这个家伙干掉，要不他会纠缠个没完的！"

　　茨冈人知道了巨人们的阴谋后，便从贮藏室找来一副马鞍，把它放在火炉边，用被子盖着代替自己，而他自己却躲到贮藏室睡觉去了。过了一会儿，一个巨人提着一柄大铁锤到厨房来了，只听见一声轰隆巨响，原来是巨人把茨冈人连人带被子砸碎了！

"行了！"巨人心想，就回去睡觉了。

茨冈人把马鞍又放回贮藏室，自己又躺在原地方睡了。天刚亮他就爬起来，把火炉生上火，口里还哼着小曲。巨人们跑来一看，真是奇迹——茨冈人不仅活着，而且十分高兴。

"你昨晚睡得怎么样？"巨人们问道。

"好极了！只是被跳蚤咬了一下，天知道，这种坏蛋不知有多少！"

巨人们默默地互相推了推手肘，回头把事情又报告给头领，头领又来找茨冈人谈话。

"实在对不起，我们地方太窄了。而且我直率地对你说，你和我们是不能够永远在一起的，因为你是英雄中的英雄。这里有一百杜卡特金币，请收下吧。你从哪儿来就回哪儿去好了！"

"不，即使给我一千金币我也不会离开你们，"茨冈人答道，"我在这儿很好，为什么要我离开这儿呢？我家里没老没小，没人会想念我，向我要吃的。"头领听了只好作罢。

到了节日，巨人们放假，到野外举行运动会，比赛扔石头，看谁扔得更远。只见一个个巨人手里举起一大块石头，举过肩用力向前推去……轮到茨冈人扔石头了。他问道："前面远方是不是有一座带高塔的城堡？"

"你问这个干什么？"

"你们稍微安静一下，马上就可以看见，那座高塔就要倒下来了！"茨冈人把石头举过了肩。

"哎呀！快别向那儿扔石头，"巨人们齐声恳求道，"向别的地方扔吧，那座城堡里住着我们的大王。如果你击倒了他的宝塔，他会把我们的脑袋全砍下来的！"

"这与我何干！"茨冈人挥手道，"我既不怕你们，也不怕你们的大王！"他捋起袖子准备投过去。

巨人们围上前来说："亲爱的，我们的好兄弟！听我们的话！我们送你一袋金币和金子，只恳求你离开这里！我们把你和赠给你的东西全送到你家里，不用劳你亲自动手。"

蛤蟆跳水不需要过多的强迫，茨冈人也不用劝说得太久，他就答应了。他骑在一个巨人的肩上，另外两个巨人扛着盛满金币的袋子，便出发了。临行前，茨冈人听见头领悄悄地吩咐巨人道："我很希望你们把金币带回来！"

茨冈人装着一无所知的样子。他们快到茨冈人家里了，正要挤过一扇低矮的门，却怎么也挤不进去。那个扛金子的巨人拖长声音叹了口气道："哎哟！"茨冈人像被风吹走了一样，纵身跳上了房顶。

"这是怎么回事？"巨人们不安了。

"请等一会儿，现在由我的烟囱来回答。假如你们还想活着回家，你们把它的话转告给你们的头领！"

巨人们撒腿就往回溜走了。茨冈人得到了满袋子金币和金子，花多久都花不完！

药苹果

从前有一位国王，他有三个儿子。国王已经到了耄耋[1]之年，精力衰竭了。他躺在床上，人们献上最好的药物，也无法使他恢复健康。医生已经开诚布公地告诉国王，他的末日已经为期不远了。

国王只好向命运屈服，安排后事。

有一天，当国王的寝宫无人的时候，门突然开了，进来了一位乞丐。国王皱起了双眉。"大王不必生气，"乞丐注意到了国王脸上不满的神情，"我不是来乞讨的。如果你肯听我的话，我有个重要的消息告诉你。"

"说吧，只是要快一点儿！你瞧，我马上要断气了。"国王用微

---

①耄耋（mào dié）：指老年、高龄（耋，七八十岁的年纪）。

弱的声音回答道。

"不，大王，你的寿命还长着呢。世界上有一种药能使你恢复健康。"

"我很想相信你，"国王忧伤地说，"你就直说了吧！"

"我知道你不会相信的，然而我要告诉你的，可是实实在在的真话，就如同我站在你的面前一样。有一种药苹果可以救你，你只要吃上一口就会立刻感到精力充沛。你派你的儿子们去找药苹果，总有一个会交上好运的。如果找不到药苹果，你就无药可救了。多多保重吧，大王！"

乞丐说完这几句话便走出了寝宫。国王唤他回来，因为乞丐没有说出长药苹果的果园在哪儿。可是来应话的却是一个内侍。国王吩咐他马上把乞丐叫回来。内侍惊奇极了，因为他根本没有看见有什么人从内室出来，也没有看到有什么人进去内室过。

国王沉思了一会儿，便把三个儿子召来说："我的孩子们！我的阳寿未尽，能恢复我精力的药物只有药苹果，你们去把它找来。谁能找到药苹果，谁就将成为我的王位继承人。"

大王子和二王子很不喜欢父亲的想法，不喜欢找苹果这种危险的旅行，它哪里有参加宴会和歌舞晚会那么有趣，而小王子知道父亲还不会死，心里倒很高兴。

当天，三位王子出发了，他们各自向着一个方向走去。

过了好几个星期，大王子来到了一个荒无人烟的地方。他爬上山顶往四处看了看，既没有房屋，也没有树木，他想不到这地方竟如此荒凉。他独自一人继续向前走去。突然，前面走来一个跛腿乞丐。大王子打量了乞丐一下，便非常傲慢地擦身而过。可是老乞丐却把他拦住了，说道："善心的先生，施舍一点儿钱吧！"

大王子扔给他一个铜板，而乞丐又央求道："善心的先生，施舍一点儿面包吧！我饿一天了，站都站不起来啦。"

傲慢的大王子不愿和一个穷人讲这么多话，他不搭理，径直向前走了。过了一会儿，他又站住了，向四周看了看，然后对乞丐说："喂，乞丐，我给了你一个铜板，可不是白给的，你得告诉我，长药苹果的果园在哪儿？"

"从这条路一直往前走，过不了多久你就会到达那神奇的果园。只是你要记住我的劝告——摘下苹果就赶紧跑出果园！"

"行，行。"大王子笑了。他走了很长一段路，终于到了一座大门前，他推开门走进果园。园子里没有树木，只见在一片绿油油的草地中央有一株孤零零的苹果树。一条条整齐的畦埂穿插在果园中，畦地里盛开着绚丽的花朵，神奇的芬芳充满了果园。大王子缓缓地沿着小径向苹果树走去。树上没有果实，只有一根长长的弯到地上的枝条上挂着一个美丽的红透了的苹果。大王子快步向苹果树走去，摘下了这个神奇的苹果，好奇地放在手心上转来转去地观看。苹果普普通通，没什么特别的地方。他就这样站了好一阵，突然感到全身瘫软，非常疲倦。大王子没多加思索，准备在绿草地上睡一会儿。

他刚躺下，就有一个人朝他走来了。大王子仿佛透过云雾一样打量着他，极力回忆这个人是谁。终于他记起来了，这人就是他在路上遇到的那个乞丐。乞丐向大王子弯下腰去，从他手里夺过苹果，把它又挂在原来的树枝上，转眼间，苹果又长在树上了。

然后乞丐折了一根小树枝，放在大王子身上，口中念念有词：
"为什么你不听我的话？你不配把药苹果献给你父亲。你将遭受灾
难。在灾难消除之前，你要变成一只黑乌鸦。"

　　果然，大王子变成了一只黑乌鸦，张开翅膀，飞到天空去了。

　　过了三天，二王子也从这条路走来了。他也和大哥一样遇到了同
样的奇事。

　　又过了三天，小王子也走到这儿来了。他一眼就看见了路旁的乞
丐，还没有等老头儿开口，就给了他一个金币。

　　"可怜的人哪，你一定很饿了，再给你点儿面包充饥吧！"小
王子将面包给了乞丐就要走。但乞丐拦住了他，向他道谢，并且说：
"王子，我知道你要到什么地方去。我告诉你，你要尽快地走到苹果
树下面，飞快地摘下苹果，然后拼命地跑出果园。今天是最后一天，
你父亲要在月亮升起前把药苹果吃下去。如果你不听我的话，你和你
的兄长都将遭受巨大的不幸！"

　　这些话给小王子增添了力量。他迅速往前走去，果然看见了一座
果园，他推门进去，园内鲜花似锦，散发着醉人的芬芳，然而小王子
根本不去看它们一眼就向苹果树跑去。他摘下了红苹果，正想照乞丐
说的往回走。但这时他觉得脑袋发蒙，双腿发软。他真想在树下躺下
来。突然，他的头顶上方传来了一阵乌鸦叫，他忍着疲劳抬头一看，
原来是两只乌鸦。"这莫非是我的哥哥们？"顿时，他脑子里产生可
怕的怀疑，恐怖之感袭上心头，所有的疲劳一下子全消失了。

　　"我的父亲在等着我！"他叫了一声，便吃力地站了起来，向园
外跑去，乞丐在门口等着他。

"王子，你真走运！我刚才很为你担心。现在好了，你可以坐在草地上歇一会儿了！"乞丐停了一停，又说，"我把这根枝条给你，你带在身上！当你父亲病好了，能下床了，你就走出宫去，那时会有两只乌鸦向你飞过来，在你的面前停下，你要赶紧用这根枝条拍打它们。"

　　疲劳包围了小王子，他那沉重的眼皮自动合起来了。他感觉到乞丐挟着他在空中飞行。

　　当小王子醒来时，已经是黄昏了。他睁眼一看，发现自己已经到了父亲的城堡。他回想起经历的事，就像是做了一个梦。他伸手摸了摸怀里，发现药苹果还在。他想起乞丐说的话，要在月亮升上来前跑到王宫去把苹果献给父亲。他跑得比山羊还快，飞似的进了王宫。

　　国王吃了苹果，身体马上就痊愈了，精神也振作起来了。他从躺了很久的床上下来。小王子见了，立刻向宫外跑去。这时，果然飞来两只乌鸦，停在他的面前，真是天大的稀奇事！小王子掏出那根乞丐给的树枝迅速向乌鸦的身上拍打。乌鸦摇身变成两个人，正是他的两位哥哥。

　　王宫里举行了盛大的宴会，小王子成了王位继承人。

OUZHOU MINJIAN GUSHI
欧洲民间故事

九个烛台的故事

　　有一位手艺人，他收了一个小学徒。师徒俩经常到森林里去砍柴。一天，他们在森林深处看到了一个山洞，从洞口走进去，只见里面黑魆魆的，有一条走道直向地下斜去。师父害怕起来了，对徒弟说："徒弟，你到里面去看看！得到好处的话咱们二一添作五①！"

　　小学徒懂什么？他太年轻无知了，叫他干啥，他就高高兴兴地去干啥。听完师父的话，小学徒便爬到地下去了。走了好长一段漆黑的路后，来到一个开阔的地方。只见那儿有三堆宝物，闪烁着比太阳还耀眼的光芒。第一堆上蹲着一只巨大无比的灰鹰，第二堆上盘着一条

①二一添作五：本为珠算除法的一句口诀，是二分之一等于零点五的意思。后来借指双方平分或平均承担责任和任务。

长着三个头的大花蛇，第三堆上坐着一个青面獠牙的魔鬼。它们都虎视眈眈地盯着小学徒。然而，小学徒不是个胆小鬼，他径直向第一堆扑去，但没有得手。他又冲向第二堆，还是毫无所获。于是他又奔向第三堆，依旧无能为力。最后他只抓到了一个小小的盒子。他把小盒藏在内衣里面。

这时，突然刮起一阵猛烈的阴风，把小学徒卷到了海边。只见大海的对面隐隐约约有一座城市，他这么个弱小的孩子怎么能够抵达对岸呢？小学徒苦苦思索，终于想出了一个办法。他折了许多粗树枝，把它们编织成一张木筏，然后坐在木筏上向对岸划去。划了很久，终于上了岸。

小学徒又忧愁起来了。他想："我孤苦伶仃，无亲无友，现在该到哪儿去呢？"后来他决定暂时找个地方住下。他来到一家客店，请求主人让他住一宿，他可以替主人劈柴。主人答应了，给他吃了午饭和晚饭。到了第二天，主人对小学徒说："孩子！我供你吃喝了一天。现在你另外找一家去帮工吧，我这儿不缺人手。"

小学徒拖着脚步来到集市广场，站在一家店铺门口。商人问他道："小鬼，你想要什么？"

小学徒对商人说："掌柜的，你可以给我一点儿钱吃一顿饭吗？我饿极了！"

店主人是个心地善良的人，他便施舍了小学徒足够吃两顿饭的钱，说道："拿去吃顿晚饭吧！"

小学徒接过钱走了。当他把钱花光了之后，又回到这间店铺里乞讨。

这样一连过了三天。到了第三天晚上，商人对小学徒说："孩子，你去找别的人吧！我再也不能给你什么了。"

小学徒只好又回到客店去。他在房间里踱来踱去，心里嘀咕着："明天的午饭和晚饭到哪儿去弄呢？"

猛然，小学徒的手碰到了内衣里面的小盒子，他拿出来打开一看，里面有个插九支蜡烛的烛台。"我何不去买九支小蜡烛来插到烛台上去，点上火，让它照亮起来？"想到这，小学徒就来到一位先生家请求做点儿工。

"先生，请给我九个铜板，我愿意为你做九天短工！"这位先生答应了。九天之后，小学徒得了九个铜板，买了九支蜡烛。他把蜡烛插到烛台里，点上火。你说怪不怪？突然从天外飞来了九个姑娘，她们又唱歌又跳舞，弹冬不拉，一直玩到半夜。当时钟响过十二点后，姑娘们给小学徒留下满满九袋金币就飞走了，临走前还说："亲爱的，这是给你的零用钱。"

第二天晚上，小学徒要店主人给他准备一顿丰盛的晚餐。店主人笑了，说道："你用什么来支付这顿晚餐的费用呢？"

小学徒回答道："现在，我的钱多得很，足够买下你的这幢房子。"他指了指那摆在一旁的九袋金币。店主人吓得目瞪口呆。

"你从哪儿弄来这么多钱？你过去可是连一个烂铜板都没有的呀！莫非是你偷来的？"

"我的钱不是偷来的，"小学徒答道，"晚上你带九支蜡烛来，就会看到你从来没见过的奇事！"

出于好奇，到了晚上店主人果然送来了九支蜡烛，还端上了各种美味佳肴。他进了房后，便坐在小学徒身旁，看看到底将出现什么奇迹。

小学徒吃过晚饭，点燃了烛台里的蜡烛，从天外立刻飞来了九个姑娘，她们又唱又跳，有的还演奏乐器。到了半夜，她们又留下金币飞走了，每天晚上都是这样。小学徒的积蓄越来越多，很快成了一个大富翁。

这个奇特的消息迅速传遍了各地，连苏丹和他的女儿也知道了此事。苏丹下诏宣小学徒进宫来，问道："我听说，每天晚上有九个姑娘飞到你那里给你送金子去，这是真的吗？"

小学徒答道："陛下，您不用着急。到了天黑之后，您自己一看便知！"

入夜了，苏丹和他的女儿，还有斯坦布尔的所有贵妇人都前来观看这见所未见的奇迹。他们在屋子的四周靠边坐好，小学徒点燃了烛台中的蜡烛。姑娘们又飞来了，她们有的唱歌，有的跳舞，有的弹冬不拉，而十二点刚过，姑娘们立刻飞走了，临行前赠给小学徒盛满金币的钱袋。苏丹高兴极了，他想："必须从孩子手里夺走这个装烛台的小盒子。"

第二天傍晚，苏丹再一次召集斯坦布尔的大臣们一起到小学徒家，打算趁机夺走小盒子。苏丹和他的大臣们坐在坐垫上。小学徒点燃蜡烛后，突然传来一片尖叫和哄乱声。原来这次飞来的不是姑娘，而是九个阿拉伯大汉。他们手持粗棒，对着苏丹和大臣们劈面就打。大臣们抱头鼠窜，乱喊乱叫，连苏丹本人也挨了一顿棍棒。他向小学徒连连求饶道："救命啊！救救我呀！叫他们别打了，我再也不敢夺走装烛台的小盒子了！"

小学徒吹熄蜡烛，阿拉伯汉子果然不见了。

父亲的遗产

　　从前有一个老头儿，他对妻子说："老伴儿啊，我和你都老了，在世的日子不长了。我们有很多财富，索性把财产分给两个女儿，这样，我们这一辈子就没有什么操心的了。以后我们就轮流在女婿家吃饭，省得自己再操劳，就这么和和睦睦地过完这一生吧。而且我们死后，孩子们之间不会生出什么财产纠纷。你说这个主意怎么样？"

　　"假如女婿们都同意，我也没什么意见。但是我担心会如谚语中说的那样：'有钱则亲，无钱则冷。'起初他们会很关心我们，到了后来就会嫌弃我们。到了那个时候，我们靠什么生活呢？特别是，倘若我活得比你久，那时我孤苦一人，将怎么生活？俗话说得好：'女婿是外人，靠他靠不稳。'请不要把全部金钱都给了他们，将来我们对天叫苦，向孩子们手里去讨钱花就麻烦了。"

老头儿点点头答应了，于是办了一桌酒席，把女儿、女婿和外孙都请来，大家美美地吃了一顿。后来，老头儿宣布了自己的决定。女婿和女儿们对此都非常满意，说他们一定会和睦相处，轮流承担赡养老人的责任，直至养老送终。

父亲把钱财分成两份，就像到了临死的时候一样，同时也听取了妻子的建议，给自己留下了一小部分金钱，以防生活上遇到困难。毕竟，好汉也会暗暗地藏一手护身拳的。

以后，两个女婿每天轮流着邀请父母亲去吃饭，一天三餐，还包括下午茶和夜宵，老头儿的日子过得果然安闲自在。两个女儿的孩子都很多，他每天都会给小外孙带点儿礼物。但是，老头儿很快就发觉钱包瘪了，于是只好停止送礼物。

女婿和女儿也察觉了这细微的变化，他们把眉头缩成了一条线，仿佛是有点儿不高兴，这副脸孔使老头儿非常难受，暗暗伤心。

第二天，他垂头丧气地坐在空荡荡的门前，等待女婿来邀请。可是日头偏西了，还是没人来。老头儿明白他们被自己的亲生女儿抛弃了。

老头儿的邻居是他几十年的老朋友，也是一个老头儿。那邻居从斜对面看见了老头儿这般光景，心里猜到了几分，便捧着一顶宽檐帽，拄着一根拐杖来看望他。

"老弟，"邻居老远就向他打招呼，"你为什么愁眉不展？你遇到了什么不顺心的事吗？你准是有什么心事。我知道你积累了许多财富，像一只山鼠贮存过冬粮一样。你身体还结实，在你这个年龄称得上强壮。你无忧无虑，从来不知道什么叫贫困，你什么都有啦。"

"唉，老兄，"老头儿深深地叹了口气，"你甭问了，反正说出来你也帮不了忙。我这是自作自受，竟想出这么个馊点子，好日子已经一去不复返了，为此我悔恨不已。你不知道，我辛辛苦苦积攒的钱财，全都化为灰烬，全都掉到水里去了。"

"怎么会这样呢？"老邻居问道。

"我把全部财产都分给了不肖女儿，现在他们都不管我了。我真是后悔莫及呀。"

"老弟，你做错了，"老朋友说，"这样，我来帮你解脱窘境，只是你不要傻里傻气，要按我说的去做。不要为未来而过多担心，要知道，被牛奶烫了，吹一吹，浸到凉水里就好了。"

他又补充道："我们就这么办吧，我给你一点儿钱，你来办一席丰盛的饭菜，把女婿家的人全都请来，把街坊、亲家和好友也都请来。人都到齐之后，我就带点儿东西来。你看见了我故作惊奇的样子，只是说'用不着这么性急，好像我没有什么钱了一样！'我们要谈得引起所有人的注意。我会说'债务的美在于偿还'。"

老头儿按邻居说的去做，备了酒筵，喊来了女婿、女儿和外孙，也请来了亲家和街坊。客人都到齐了，还空着一个位子，这是主人为他的义兄邻居准备的。客人们入席开始用餐了，而义兄却没有露面。主人多次开门，探头向外面张望，很遗憾，义兄仍没有来。主人说："既然他答应了，就肯定会来的。我很了解他，这个人很守信用。我敢打赌，他迟到了，是因为他想算清过去我们在一起做生意时他欠的债务，不这样，他来了会感到不安。"

主人的话音还未落，义兄就推门进来了。他大口大口地喘气，肩上扛着一个包。他向大家问过好，然后对主人说："叶尔科老弟！请原谅我没准时赶到，让你久等了。老弟！倘若我来你家做客却没有还清老账的话，我会无地自容的。我向你说过多次，要你把钱取走，和你把旧账结清，而你老是不抓紧办。现在我把钱给你送来了，你就好好清点一下。这些是账单，你等会儿核对一下。现在，我把欠款如数还清了，我轻松了，心头一块石头卸下来了。"

"老兄！"主人说，"我请你赴宴不是为了逼你还债的，我是想让你来舍下与我们一块儿欢聚欢聚，你能赏光就很好了。既然你把钱带来了，怎么好拒绝你的心意呢？快把包袱卸下来，把钱先放到柜子里去，坐到这边来。清点钞票和审查账目之事，以后我再来办。唉！假如其他欠债的人也像你这样讲信用，及时把钱还给我，我何必这么刻薄自己，这么小气节约呢？"

女婿、女儿以及所有在座的客人看在眼里，记在心里。一个女婿悄悄地对另一个女婿说："瞧！我们的岳父装成身无分文的样子，看来，他的钱还不少！更不用计算他放出的借款了！"

女儿们也窃窃私语起来，一个女儿对丈夫说："听见了吗？我们要恢复过去的做法，供给父母亲正餐、下午茶和夜宵，让他们吃得好，过得愉快。"

"那当然，"丈夫答道，"儿女应该赡养父母，这是天职呀！"

另一个女儿也对丈夫说："你听，姐姐在对姐夫说什么？他们又要请父母亲去用餐，好好供养他们了，我们可不能光在一旁看着，得让父母亲在辞世的时候不忘记我们。瞧，这一袋子的钱，备了这么丰盛的酒筵，柜子里绝不是空的。"

"是呀，你说得很对，"丈夫答道，"应当奉养父母亲，像保护自己的眼珠一样。等到有朝一日，他们闭上了眼睛的时候，我们得到的酬谢还会少吗？"

于是，两个女儿与夫婿又商定好如何服侍父母亲，如何照顾他们的生活。他们一心想着如何从父亲那儿得到更多的钱，老两口的日子又过得好起来。孩子们尽量让父母亲吃得满意，他们的服务十分周到，甚至不敢让苍蝇在老两口身上停留。

叶尔科老头儿十分感谢巧施妙计的义兄，他的孩子们一直关心着父亲死后他们还能得到多少遗产。

老头儿在埋葬了老伴后不久，也离开了人世。他的遗嘱上写着："亲爱的孩子们，在规规矩矩地把我埋葬之后，请打开柜子，在那里能得到遗产。"

孩子们隆重地埋葬了父亲，从他的房间里拖出大柜子，柜子上有三把锁，他们把锁打开之后一看，里面只有一封信：

亲爱的孩子们！还在我生前，你们就已经分到了我留给你们的数量可观的财产了。而现在，虽然你们眼前的柜子是空的，但是它曾经装满着金银，这些金银早已分给你们了。不要指望另外还有什么别的遗产，劳动和勤俭将会带来财富！

你们的父亲

阅读小练笔

YUEDU XIAOLIANBI

一、选择题。

1.茨冈人去森林深处废弃的磨坊是为了（　　　）

A.将他偷来的玉米磨成粉。　　B.去寻找魔鬼。

C.去寻找巨人。　　　　　　　D.将他自己种的玉米磨成粉。

2.下列不能体现茨冈人的狡猾和机智的是（　　　）

A.茨冈人去运水时，明明装不进去水，却说要挖一条水渠到家里。

B.茨冈人去砍柴时，在一株大水青冈树下挖洞。

C.茨冈人知道巨人们要干掉自己，把马鞍藏在棉被里代替自己。

D.茨冈人在运动会时，比不过巨人扔石头，就说自己将要击倒大王的宝塔。

3.大王子和二王子会变成乌鸦是因为（　　　）

A.没有好好地善待乞丐，被乞丐报复变成乌鸦。

B.没有听从乞丐的话——摘下苹果之后立即跑出果园。

C.被果园里面其他事物所吸引，被诱惑变成乌鸦。

D.他们不想为父亲找药苹果，不愿置身于危险之中。

4.大王子和二王子变回人的方法是（　　　）

A.给他们吃下药苹果。　　　　B.得到乞丐的原谅。

C.让国王吃下药苹果并痊愈。　D.用乞丐给的枝条拍打他们。

5.下列对《九个烛台的故事》的叙述不正确的是（　　　）

A.小学徒在山洞里只得到了一个小盒子，里面是一个可以插九支蜡烛的烛台。

B.小学徒在集市广场得到店铺主人的施舍，但是只维持了一天。

C.小学徒为一个先生打了九天短工，得到了九个铜板，他买了九支蜡烛。

D.小学徒第一次点燃烛台里的蜡烛，飞来了九个姑娘，给他带来了金子。

6.下列对《父亲的遗产》的叙述正确的是（　　　　）

A.老头儿的两个女儿和女婿都是非常孝顺的。

B.老头儿将自己所有的钱都分给了女儿女婿们，自己一点儿也没留。

C.老头儿的邻居欠了老头儿许多钱。

D.老头儿死后并没有给女儿女婿们留下遗产。

二、填空题。

1.茨冈人来到（　　　　）时，巨人们正在收樱桃。茨冈人回家时，得到了（　　　　）。

2.当人们都以为国王的末日已经为期不远时，一个乞丐告诉国王，（　　　　）可以救他，最后是（　　　　）救了国王。

3.《九个烛台的故事》中，小学徒在进入山洞后，里面有三堆宝物，上面分别有一只巨大无比的（　　　　）、一条长着三个头的（　　　　）、一个青面獠牙的（　　　　）。

4.《九个烛台的故事》中，（　　　　）想要夺走小学徒的烛台，但是小学徒点燃蜡烛后，飞出九个（　　　　），将他们打了一顿。

三、判断下列说法是否正确，正确的画"√"，错误的画"✕"。

1.茨冈人不承认自己被樱桃树弹飞了，说自己是跳起来去抓鸟了，并且嘲笑巨人连地上的野兽都追不上。（　　　　）

2.巨人首领让茨冈人离开巨人村，并给了茨冈人五十杜卡特金币，茨冈人就回家去了。（　　　　）

3.国王告诉他的儿子们，谁先找到药苹果，谁就会被立为王位继承人。（　　　　）

4.小王子不仅救了国王，还救了他的两位哥哥。（　　　　）

5.《九个烛台的故事》中小孩落在海边之后，得到好心人的帮助回到了岸上。（　　　　）

6.《父亲的遗产》中，当老头儿被亲生女儿抛弃之后，他的邻居帮助了他。（　　　　）

四、简答题。

《父亲的遗产》中，老头儿的女儿女婿们又恢复了对老人们的照顾，是因为孝顺吗？

欧洲民间故事 OUZHOU MINJIAN GUSHI

罗马尼亚民间故事

阅读小贴士

　　罗马尼亚位于巴尔干半岛东北部，历史悠久，其民间文学也十分繁荣，从多方面展现其民族性格。罗马尼亚民间故事包含着许多与其民俗民风密切相关的动物形象，它们在世代流传的民间文学中不断得到丰富，生动体现了人民对善恶美丑的朴素观念，赞扬了劳动人民的勇敢、正直和善良，揭露了剥削者的贪婪、横暴和愚昧。

金苹果

　　从前，有一个威震四方的皇帝，在他皇宫的花园深处有一棵苹果树，它能结出金苹果。但是皇帝从来没尝到过这棵树上结出的成熟的苹果，因为每当苹果成熟的时候，夜里就有人把它们偷走了。全帝国所有的卫士和皇帝挑选来守卫的士兵，都无法捉到偷金苹果的小偷。

　　后来，皇帝的大儿子对他说："爸爸，我是在你的宫殿里长大的，我经常在这座花园里散步，也看见过花园里那棵苹果树结的非常漂亮的金苹果，可是我却从来也没尝过这些苹果的滋味。现在苹果成熟了，这几天晚上，请您答应由我来亲自看守它们吧，我一定要把那个小偷抓住。"

　　"亲爱的孩子，"皇帝说，"很多勇敢的人都去看守过，但是他们都一无所获。培育这棵树花了我很多钱，我希望在我的餐桌上哪怕能看到一个这棵树上结出的苹果也好。尽管我不相信你会成功，但是我还是答应让你去看守。"

皇帝的儿子守了整整一个星期，夜里看守，白天休息。这一天早晨，他忧心忡忡地来到他父亲那里说，自己一直守着金苹果树，后来被一阵使他再也抵挡不住的睡意压倒了，直到日上三竿的时候才醒来。等他抬头一看，苹果全没了。

当听到这个消息的时候，皇帝的难过心情是无法用语言来形容的。

二儿子恳求父亲让他去看守，说他一定能抓住那个惹他爸爸生气的小偷，皇帝只好答应了。

苹果成熟的季节又到了。这时，皇帝的二儿子去看守了，可是，他看守的结果也和他大哥一样。

失望的父亲想把苹果树砍了，但是，他的小儿子普列斯列亚请求道："爸爸，您培育这棵树花了好多年，为它忍受了那么多不幸，我请求您再把它留一年，我也想试试我的运气。"皇帝答应了他的请求。

春天来了，果树开的花更漂亮了，结的果子也比以往更多。普列斯列亚经常到花园去，每当围着果树转的时候，他都在想计策。苹果成熟后，天一黑，他就带着书、两根尖桩、弓和一袋箭到花园里去了。他在果树旁边的一个角落里找了一个地方埋伏起来，把两根尖桩插在地里，一根插在他的前面，一根插在他的背后。如果他的睡意来了想打瞌睡，前面那根尖桩就会扎着他的下巴；要是往后仰呢，后面那根尖桩就会扎着他的脖子。

普列斯列亚就这样一直守着。有一天夜里，大概是半夜以后吧，他感到一阵微风吹过，夹杂着令人心旷神怡的芳香，使他陶醉，一阵令人感到困乏的瞌睡使他闭上了眼睛。但是，那两根尖桩把他扎醒了，他又继续监视着。黎明的时候，他听到花园里有一阵轻微的窸窣声。这时，他的眼睛死死地盯着那棵果树，他拿起弓，做好了射击的准备。窸窣声越来越大，只见一个人靠近了果树，伸手抓住了树枝。这时，普列斯列亚射了一箭，接着又射了一箭，当他射第三箭的时候，便听到果树旁边发出一阵呻吟声，随后便是死一般的沉寂，小偷负伤逃走了。

天一亮，普列斯列亚就从树上摘了几个金苹果，把它们放在一个金托盘里，送给他父亲。皇帝见了，真是高兴极了。

"现在，"普列斯列亚说，"让我去找那个小偷吧。"他指着那个小偷留在地上的血迹对父亲说。他要去找那个贼，即使他钻到蛇洞里，他也要把他带到父亲面前。第二天他就把这件事告诉了他的哥哥们，想让他们和他一起去追赶和捉拿那个小偷。

因为普列斯列亚比他的哥哥们勇敢，所以哥哥们开始恨他，正想找个机会把他干掉，于是便高兴地答应和他一起去。三位王子顺着血迹走去，走哇，走哇，最后来到一片荒野。从那儿又往前走了一会儿就来到一个悬崖边，血迹在那儿消失了。

他们围着悬崖转了一圈，看到前面没有血迹，于是他们断定，偷金苹果的小偷肯定就住在下面的深渊里。他们立刻就做了一个滑轮，装上一根粗绳子。

"让我下去吧，"看到哥哥们犹豫不决，普列斯列亚说，"当我摇绳子的时候，你们就往下放我，等你们看到绳子不再摇动了，你们就注意着，看到绳子来回晃动的时候，你们就把我拉上来。"

普列斯列亚下去了。每当绳子摇动的时候，哥哥们就往下放，放啊，放啊，最后他们看到绳子再也不摇动了，这说明他到底了。

这时，老大和老二商量说："我们等着看看最后会怎样吧。他要是成功了，无论如何我们也要把他干掉。"

普列斯列亚来到另一个世界。他顺着一条路走去，来到一座用铜建造的宫殿。在那儿连个可以问问情况的人也没看见，于是他只好走进宫殿，看看里面有什么人。这时，一个漂亮的姑娘在门口看见他，惊奇地说："你是我们那个世界的人！这儿是三个妖怪的领地，你是怎么到这儿来的？我们三姐妹就是被他们从父母身边抢来的。"

普列斯列亚简单地讲了金苹果的事，他告诉姑娘他是怎么射伤了那个小偷，怎么顺着血迹来到悬崖，又是怎么来到她这里。他问她，那些妖怪是些怎样的家伙。姑娘告诉他，每个妖怪从她们当中选了一个人，强迫她们做他们的妻子。而她们呢，就用各种借口来搪塞[1]他们，向他们要她们所能想象出来的东西，他们则尽量去满足她们所有的要求。

"他们确实很勇敢，"她补充说，"不过，你一定能战胜他们。可是，你现在无论如何得藏起来，不要让妖怪看见你在他的屋子里，因为他发起火来力量大得像头雄狮。现在就快到他回来吃午饭的时候了。他有个习惯，在还有一个驿站远的路上就把狼牙棒扔回来。狼牙

---

①搪塞：敷衍塞责，随便应付。

棒先打在门上，然后打在桌子上，最后挂在墙上的钉子上……"她还没说完话，就听到一阵呼啸声，只见一根狼牙棒打在门上，打在桌子上，最后挂在钉子上。普列斯列亚抓住它，把它扔回去，而且扔得比妖怪还远，正好打在妖怪的肩膀上。

妖怪惊恐地看着狼牙棒，忍着疼把它扛回家了。他刚走到大门口，就开始喊起来："哈哈，这儿有生人！"当妖怪看见皇帝的小儿子来到他面前的时候，就对他说："伙计，你来干什么？是想把骨头留在这里吧！"

"我是来抓偷我爸爸金苹果的那个家伙的。"

"就是我们偷的，"妖怪对他说，"咱们比试比试？是比狼牙棒呢，还是比剑，或者比摔跤？"

"还是摔跤吧，这样更公平合理。"普列斯列亚说。他们开始肉搏起来。打呀，打呀，后来普列斯列亚突然鼓足了劲儿，把妖怪举起来，将妖怪摔死在地上。

姑娘含着眼泪感谢普列斯列亚把她从妖怪手里救出来，并且求他也可怜可怜她的妹妹们。应姑娘的请求，他立即动身到银宫那里去救她二妹了。

和在大姑娘那儿一样，他在这里也受到了热情的接待。二姑娘请他躲一躲，但是他说什么也不躲。当妖怪在两个驿站以外把狼牙棒扔回来并挂在钉子上的时候，他又把它扔回去，而且扔得更远，恰恰打在妖怪的头上。回到家的妖怪和普列斯列亚扭打起来，最后也丢了性命。

谢过普列斯列亚之后，二姑娘请求他去把她们的小妹妹也救出来。"尽管第三个妖怪比被你杀死的他的两个哥哥更有力气，"二姑娘说，"但是，他在偷金苹果的时候被你射伤了，我相信你是有办法战胜他的。"

于是普列斯列亚又到第三个妖怪那里去了。他走进了这个妖怪住的金宫殿，三姑娘一看见他，就恳求他救救她。

他们刚说完话，狼牙棒就打在门上，打在桌子上，最后挂在钉子上。普列斯列亚把狼牙棒扔回去了，正好打在妖怪的胸口上。

怒气冲冲的妖怪决定要让普列斯列亚有来无回！他们打呀，打呀。这时，普列斯列亚紧紧地抱住妖怪，把他举起来，摔到地上，插进土里，土一直没过他的膝盖。妖怪挣扎着，也把普列斯列亚举起来，摔到地上，把他插到齐腰深的土里。普列斯列亚使出全身的力气使劲儿地抱住妖怪，把他的骨头都捏碎了。他再一次举起妖怪往地上一摔，将妖怪一直陷到齐脖子深的土里，然后趁机砍了妖怪的脑袋。

兴高采烈的姑娘们谢过了普列斯列亚，她们告诉他，妖怪们的每座宫殿里都有一根鞭子，用鞭子在宫殿的四个角上一抽，它们就会变成苹果。

普列斯列亚按她们说的去做了，于是每个姑娘都得到了一个苹果。他们准备回到自己的世界去。他们来到悬崖底下，摇起绳子。在上面警戒的哥哥们意识到，应该往上拉绳子了。他们把滑轮放好，把那个拿着铜苹果的大姑娘、拿着银苹果的二姑娘以及最小的姑娘拉上来了。

但是，普列斯列亚并没有把金苹果交给最小的姑娘，他早就察觉到他的哥哥们恨他。当他们又把绳子放下来拉他的时候，为了考验考

欧洲民间故事
OUZHOU MINJIAN GUSHI

验他们，普列斯列亚在绳子上系了一块大石头，还把他的皮帽子放在石头上面。看到皮帽子，他的哥哥们以为那就是他们的小弟弟，便立刻松开滑轮，放开绳子，让他迅速地掉下去。普列斯列亚这样做，是想让哥哥们相信，他已经死了。

后来，两位哥哥把姑娘们带到皇帝面前，装出一副伤心的样子对皇帝说，他们的弟弟死了。

山崖底下的普列斯列亚在思考怎么才能上去。这时，他听到一阵令人压抑的尖叫和哀号。他往四周看了看，只见盘在树上的一条毒龙正在往上爬，想去吃树上的小鹰。他抽出弯刀，连忙向毒龙砍去，救下了小鹰。

"你救了我的小鹰，你想让我为你做点儿什么呢？"小鹰的妈妈母鹰问道。

"请把我带回到另一个世界去吧。"普列斯列亚回答。

母鹰让普列斯列亚爬到它的背上，飞到了悬崖之上。他们互相拥抱，互致谢意，然后就分手了。母鹰飞回深渊，而普列斯列亚则径直向他父亲的皇宫走去。

见了父亲，普列斯列亚对父亲讲了他的全部经历，他是怎样从深渊里出来的，并把妖怪的金苹果拿给他看。听完后，怒气冲冲的父亲把普列斯列亚的两个哥哥叫来。他们一见到普列斯列亚，非常恐慌。父亲问普列斯列亚，应该怎样惩罚他们。普列斯列亚说："爸爸，不如让我们站在宫殿的台阶上，每个人都往天上射一箭。谁要是干了坏事，那他就将受到惩罚。"

于是三兄弟来到宫殿的前面，每个人都往天上射了一箭。当箭落下来的时候，哥哥们的箭正好落在他们自己的脑袋上，他们被射死了；而小弟弟的箭呢，落到了他的前面。

安葬了哥哥们以后，皇帝为普列斯列亚举行了盛大的婚礼，迎娶他救出来的那个最小的姑娘。全帝国的人都为小王子平安地回来而欢欣鼓舞，同时也为他变得更加勇敢而自豪。皇帝逝世以后，小王子继承了皇位，此后帝国一直很太平。

老太太的女儿
和老头的女儿

　　从前，有一个老鳏夫[1]，他有一个女儿。后来他娶了一个寡妇老太太，老太太也有一个女儿。老太太的女儿又丑、又懒、又霸道，心眼又坏，整天游手好闲，所有的重活都让老头的女儿做。老头的女儿又漂亮、又勤快、又听话，心眼又好。这个好姑娘经常受到妹妹和后妈的欺负，好在她既勤快又能忍耐。

　　当两个姑娘到树林里去纺纱锭的时候，老头的女儿总是埋头干活，一晚上就能纺出满满一筛子纱锭。而老太太的女儿呢，她一晚上最多只能纺一纱锭。等深夜她们俩回家的时候，老太太的女儿总是急急忙忙地先跳过篱笆，然后让老头的女儿把装满纱锭的筛子递给她，

────────────

①鳏（guān）夫：没有妻子或者丧妻的人。

她先拿着。老太太的女儿十分狡猾，她一接过筛子就跑到老太太和老头的面前，说那些纱锭都是她纺的。老头的女儿没有办法，也只好由着她去了。

老头是个软骨头，他只会看老太太的眼色行事，她对他说的话，他都信以为真。这个可怜的老头心里可能也想说点儿什么，然而在他的家里，现在是母鸡打鸣，公鸡可一点儿地位都没有。他要敢说个"不"字，那他可就倒霉了，因为老太太和她的女儿准会教训他一顿。

有一天，老头被老太太逼得没办法，就把他的女儿叫过来，对她说："亲爱的，你看，你母亲老跟我说你不听她的话，还爱说别人的坏话，养成一身毛病，她说什么也不让你再待在我们的家里了。"

可怜的姑娘看到老太太和她的女儿无论如何也要把她撵走，只好吻了吻父亲的手，含着眼泪离开了家，离开了再也没有一点儿希望能回来的家！她在路上走哇走哇，后来遇到一只生病的小狗。天哪，那只小狗瘦得都能数出它的肋条骨来！可怜的小狗说："美丽勤劳的姑娘，可怜可怜我吧，照顾照顾我吧，将来我对你会有用处的。"姑娘可怜这只小狗，把它抱起来，给它洗刷，把它照顾得非常好。后来，她把小狗留在那儿，自己又上路了。

她心里挺高兴，因为她做了件好事。没走多久，她又看见一棵开满花的漂亮的梨树，但是树上却爬满了虫子。梨树看见姑娘就说："美丽勤劳的姑娘，照顾照顾我吧，把我身上的虫子弄掉吧，将来我对你会有用处的。"

姑娘本来就勤快，于是她小心翼翼地把梨树上的枯枝和虫子都给弄掉了。然后她又往前走，想去给自己找一份工作。又走了一会儿，她突然看到一口满是淤泥的枯井。这时枯井说："美丽勤劳的姑娘，照顾照顾我吧，将来我对你会有用处的。"

姑娘把井掏干净了，并且很好地照顾了它。掏完了井以后，她又上路了，走着走着，突然又看见一只没有搪泥并且快塌了的炉子。炉子一看见姑娘就说："美丽勤劳的姑娘，关心关心我吧，给我搪搪泥吧，将来我对你会有用处的。"

姑娘挽起袖子，和了点黏土，精心地把炉子搭好。然后她洗了洗沾满黏土的漂亮的手，又上路了。

她日夜不停地往前走。有一天早晨，她穿过一片阴森的树林之后，来到一片非常漂亮的林中空地，在那儿，她看见一棵繁茂的柳树下有一座阴暗的小屋。当她走近小屋的时候，一位老奶奶走出来迎接她，温和地对她说："姑娘，你是什么人？你来这儿做什么？"

"老奶奶，我是一个没爹没妈的穷姑娘，我求求您，给我一个栖身的地方吧！"

"可怜的姑娘，"老奶奶说，"那么今天你就伺候我吧，相信我，明天你是不会空着手从我家里离开的。"

"好吧，老奶奶，但是我不知道应该干什么。"

"你要给我的孩子们洗洗澡，还要喂他们吃饭。"

于是姑娘先烧了洗澡水，然后走到外面喊道："孩子们！快到这儿来，洗澡了！"

姑娘一瞧，只见院子里和树林里到处都爬着一群一群的毒龙和各种大大小小的野兽。可是姑娘并不害怕，因为她满怀希望。她一个一个地抱起他们，给他们洗了澡，无微不至地照顾他们。

老奶奶让姑娘爬到阁楼上去，让她在那儿随便挑一口箱子作为给她的工钱。她看到那儿有一大堆箱子——有的又旧又难看，有的又新又漂亮。然而姑娘并不贪心，她在那些箱子中挑了一个最旧、最难看的。

姑娘背起箱子，顺着来时的路，高高兴兴地回她父亲的家了。

在路上她又看见那只她给搪过泥的炉子，炉子上摆满了烤得金黄的发面馅饼。姑娘吃呀吃呀，怎么也吃不完，于是又拿了几个准备在路上吃，然后就上路了。走了不远，她又看见那口她曾经掏过的井，井里的水都漫到井口了。那井水像眼泪那样清澈，像冰那么凉爽可口。当她继续往前走的时候，又看见被她照顾过的那棵梨树。现在树上结满了梨，那些梨黄得像蜡似的，它们都熟透了，甜得像蜂蜜。梨树看到姑娘，就把树枝垂下来，她就吃起梨来，还带了几个在路上吃。她继续往前走，又遇见了那只小狗，小狗现在又壮实又漂亮，脖子上还戴了一条金项链。小狗把金项链送给姑娘，感谢她在它生病的时候照料过它。又往前走了一段路，姑娘就回到了她父亲的家。

老头一看见她，顿时热泪盈眶，满心欢喜。这时，姑娘取出金项链，送给了她父亲，然后他们又一起打开箱子，成群的马、牛和羊从箱子里跑出来。看到这么多财富，老头立刻变得年轻了！老太太却非常生气，她恨得不知如何是好。这时，老太太的女儿说："算了，妈妈，世界上的财富有的是，我要去给你弄来更多的财富。"说完以后她就骂骂咧咧、摔摔打打地走了。

她也沿着老头的女儿走过的那条路向前走去，路上她也遇到了那只又瘦又病的小狗，那棵爬满虫子的梨树，那满是淤泥的枯井，那个没有搪泥、快塌了的炉子。当小狗、梨树、枯井和炉子请她照顾自己的时候，她恶狠狠地挖苦它们说："那可不行！我可不能为了你们把我的手弄脏了，你们有过像我这样的仆人吗？"

她继续往前走去，最后也来到老奶奶那里。她表现得还是那么令人讨厌、厚颜无耻和愚蠢。她没有像老头的女儿那样好好地给老奶奶的孩子们洗澡，而是用热水烫得他们嗷嗷直叫，痛得他们疯狂地乱跑。但是，宽宏大量的老奶奶不想责备像她这样不安分的懒姑娘，还是让她爬到阁楼上去，在那儿挑一只她喜欢的箱子，然后爱到哪儿去就到哪儿去。姑娘爬上阁楼，挑了一只最新、最漂亮的箱子。

回去的路上，当她走到炉子那里的时候，炉子上早已摆好了美味的馅饼。可是，当她走近炉子，要去拿馅饼解馋的时候，火烧了起来，使她无法去拿。在水井那儿也是一样，井水一直漫到井口，但是，当姑娘想喝水的时候，井里的水一下子就干了，姑娘简直要渴死了。当她走到梨树跟前的时候，梨树忽然长高了一千倍，树枝都触到云彩了。当她继续往前走的时候，又遇到了那只瘦弱的小狗，它的脖子上同样戴了一条金项链，当她想去摘项链的时候，小狗咬了她一口，把她的手指头都咬断了，它连碰都不让她碰一下。

她终于好不容易地回到她母亲的家里。然而，等待她们的并不是财富，因为当她们打开箱子的时候，一群毒龙从箱子里跳出来，立刻就把老太太和她的女儿吃掉了，仿佛这个世界上从来就没有过她们似的。后来，毒龙和箱子都不见了。

摆脱了老太太以后，老头和他的女儿生活得安逸幸福，并且还有用不完的财富。

格雷乌恰努

从前，有一个皇帝，他非常忧愁，因为一群妖怪把太阳和月亮偷走了。

他向所有的人宣布：不管是谁，只要能把太阳和月亮从妖怪那里夺回来，那个人就可以娶他的女儿为妻，同时还将得到他的半个帝国；但是谁要是只想去溜达一趟而办不成事的话，可就要被砍头了。

好多小伙子都口出狂言，说他们可以办成这件事。可是当他们真去了，却又不知道该怎么办。皇帝说到做到，这些人都被砍了头。

这时，有一个叫格雷乌恰努的勇士也听到了皇帝的诺言，他经过反复考虑，咬了咬牙，鼓足了勇气，也到皇帝那儿去应征了。

格雷乌恰努踏上了征程，同时还带上了自己弟弟。他们走哇走哇，走了很长的一段路以后，终于来到一个铁匠家里。这个人是世界上手艺最好的铁匠，而且也很勇敢，格雷乌恰努和他是结拜兄弟。他们兄弟二人在这里停下来休息。格雷乌恰努和铁匠关在屋里商量了整整三天三夜，制订出行动计划后，格雷乌恰努和他的弟弟又上路了。

等格雷乌恰努一走，这位世界上最好的铁匠就为格雷乌恰努铸了一尊铁像，然后他就让炉子日夜燃烧着，把那尊铁像架在火上不停地煅烧。

格雷乌恰努和他的弟弟走了好远好远的路，后来走到一个十字路口。他们停下来，坐在草地上吃了点儿干粮。然后他们相互拥抱之后，就哭着分手了。

在分手之前他们每人分了一块头巾，并且约定：要是头巾先从边上坏，那么他们还有希望再见面；如果头巾先从中间坏，那就是说，他们当中的一个人已经死了。他们又在地上插了一把刀，说："要是我们谁先回来，发现刀生锈了，那他就不要再等另外一个人了，因为这意味着那个人已经死了。"随后，格雷乌恰努向右走去，他弟弟向左走去。

格雷乌恰努的弟弟走了好长时间以后，又回到他们分手的地方。他发现那把刀还很亮，就高兴地在那儿等他哥哥。

而格雷乌恰努呢，他在一条小路上走哇走哇，那条小路把他引到遥远而荒凉的地方，那是妖怪们的住处。他按照那位世界上最好的铁匠教给他的办法，翻了三个跟头，变成一只小鸽子，飞到妖怪住所前面的一棵果树上。

这时，妖怪的大女儿走出屋子，看到这种情景，连忙跑去叫她的妈妈和小妹妹，让她们来看看。小女妖说："妈妈和姐姐，对我们家来说，我感到这只娇嫩的鸟不是幸运的使者。它的眼睛不像是鸟的眼睛，倒更像是那个格雷鸟恰努的眼睛。"

看来，妖怪们早已听说过格雷鸟恰努的勇敢。后来，她们进屋商量对策去了。格雷鸟恰努又翻了三个跟头，变成一只苍蝇，飞进妖怪们的房间，躲在房梁上面的一个缝隙里听她们商量。等他把听到的都记在脑子里以后，他又飞出来，然后沿着通往绿色树林的路走去，躲在那儿的一座桥下。

从听到的情况，格雷鸟恰努知道妖怪们去绿色树林打猎回来的时间，一个是在晚上，另一个是在深夜，最凶恶的那个在黎明，这儿是他们回家的必经之地。

格雷鸟恰努在那儿等着。突然，最小的妖怪打猎回来了。当他的马走到桥头时，马打起响鼻来，往后退了七步。妖怪说："唉，该死的马，但愿狼把你吃了！除了格雷鸟恰努以外，在这个世界上我谁也不怕！"

格雷鸟恰努听见了，就从桥下走出来。他们一见面就开始打起来。小妖怪举起格雷鸟恰努，把他插在地里，一直插到土没过他的膝盖。格雷鸟恰努也把妖怪举起来，把他也插在地里，一直插到土没过他的脖子，并砍下了他的头。他把妖怪和马的尸体扔到桥下，然后坐下来休息。

当夜深人静的时候，小妖怪的大哥回来了，他的马也跳起来，往后退了十七步。格雷鸟恰努像对付小妖怪一样杀掉了他。

快天亮的时候，妖怪们的爸爸回来了。他最凶，长得黑黑的。当他走到桥头的时候，他的马跳起来，往后退了七十七步。妖怪生气地吼道："哎，该死的马，但愿狼把你吃了！除了格雷鸟恰努以外，在这个世界上我谁也不怕！即便是他，只要我用箭射他的眼睛，我就能

把他打翻在地。"

这时，格雷乌恰努从桥下走出来，对他说："大胆的妖怪，过来咱们比试比试，要么比剑，看谁能把谁杀死；要么比标枪，看谁能把谁刺死；要么就比摔跤，看谁能把谁摔死。"妖怪走过来，和格雷乌恰努打起来。他们先是斗剑，斗来斗去，两把剑都击断了；他们又比标枪，你来我往，最后两支标枪也断了；后来他们又比摔跤，摔得脚下的大地都震动了。妖怪突然抱住格雷乌恰努，而他早已知道妖怪的企图，灵巧地躲开了。后来，格雷乌恰努趁妖怪不注意的时候紧紧地抱住他，把妖怪的骨头都抱断了。这是一场空前的搏斗。他们打呀打呀，这时，一只乌鸦从他们头上飞过，在空中盘旋着，注视着这场搏斗。

妖怪看到乌鸦，对它说："乌鸦，乌鸦，黑色的鸟儿，给我衔一点儿水来，我将把一个勇士和他的马都送给你吃。"

格雷乌恰努说："乌鸦，乌鸦，你快给我衔点儿清水来，我将把三个妖怪和三匹马的尸体都送给你吃。"。

听了这些话，乌鸦给格雷乌恰努衔来了清水，使他解了渴。喝了水以后，格雷乌恰努力量倍增，又鼓起勇气，抓起妖怪，把他摔在地上，插进地里，让土一直没到他的脖子，使他动不了，然后对他说："告诉我，可恨的妖怪，你把太阳和月亮藏在什么地方了？今天你再也逃不出我的手心了。"妖怪含糊其词①，格雷乌恰努又对他说："不管你说不说我都能找到，不说我就砍掉你的脑袋。"

妖怪想，如果对他说了，或许还有逃命的希望，于是便告诉他：

----

①含糊其词：不明确，不清晰，话说得不清不楚。形容有顾虑，不敢把话照直说出来。

"在绿色树林里有一个塔楼，太阳和月亮就锁在里面。我右手的小拇指就是塔楼的钥匙。"格雷乌恰努听了，立刻砍下他的头，然后又砍下他的小拇指，把它带在身边。格雷乌恰努遵照对乌鸦许下的诺言，把所有的尸体都给了乌鸦，然后向绿色树林里的塔楼走去。

他用妖怪的小拇指打开门，在那儿找到了太阳和月亮。他用右手托着太阳，左手托着月亮，把它们扔到天上。当人们又看到天上的太阳和月亮的时候，他们高兴极了。

因完成了使命而感到自豪的格雷乌恰努动身往回走了，他在十字路口找到了弟弟。他们拥抱过之后，买了两匹跑得像箭那么快的马。为了尽快回到皇帝那里，他们快马加鞭地赶路。

在路上，他们看见一棵结满了金黄色梨子的梨树。格雷乌恰努的弟弟建议，为了让马喘口气，最好在那棵梨树的树荫下歇一会儿，再摘几个梨子解解饿。听过女妖们密谋的格雷乌恰努同意休息一会儿，但是不让弟弟去摘梨，而是自己去摘。他抽出弯刀，把梨树齐根砍倒了。当他把梨树砍倒的时候，从树里流出一些血和气味难闻的毒汁，同时有一个声音说："你把我毁了，格雷乌恰努，你把我丈夫也杀死了。"

除了一点儿泥土和灰烬以外，那棵梨树什么也没留下。格雷乌恰努的弟弟惊呆了，不知道这是怎么回事。

他们继续赶路，走哇，走哇，又看见一个非常漂亮的花园，里面有鲜花和蝴蝶，还有清澈凉爽的泉水。

格雷乌恰努的弟弟说："哥哥，在这儿停留一会儿吧，我们和马也歇一歇。我们还可以喝点儿清凉的泉水，再采点儿花。"

"弟弟，让我来。"格雷乌恰努回答说。他抽出弯刀，朝一株看起来十分漂亮的花茎砍去，花被砍倒了，流出鲜红的血水。他又把弯刀插进喷泉里，如同从花茎里流出来的东西一样，从喷泉里喷出来的不是泉水，而是一股暗红色的血水，空气中弥漫着令人恶心的气味。原来，为了毒死格雷乌恰努，妖怪的大女儿变成了花园和泉水，现在的她只剩下灰尘和碎土了。

逃脱了这场灾难以后，兄弟俩像一阵风似的骑着马走了。为了吃掉格雷乌恰努，女妖们的蝎子妈妈一个钳子冲着天，一个钳子触着地，在后面追赶着他们。她怒不可遏，因为她再也没有丈夫、女儿和女婿了。格雷乌恰努察觉老女妖在后面追赶他们，就对他弟弟说："弟弟，你回头看一看，看见什么告诉我。"

"哥哥，"他弟弟转头看了看回答说，"我看见后面有一团像旋风似的乌云在追赶我们。"于是，他们快马加鞭，马跑得像风那么快。跑了一段路以后，格雷乌恰努又让他弟弟往后面看了看。他弟弟告诉他，有一团像火似的云彩逼近了。后来，马一阵风似的跑到了那位世界上最好的铁匠家里。

他们一跳下马就把自己关在铁匠铺里。老女妖随后就赶到了。她要是追上他们，准得把他们弄死，连个骨头渣也不会剩下！现在她拿他们可没办法了。

很快，她又想出新的坏主意：她让格雷乌恰努在墙上掏个洞，说她想看看他。格雷乌恰努照做了，他真的在墙上掏了一个洞。然而，铁匠早有准备，他昨天晚上就把格雷乌恰努的铁像架在火上煅烧得火花四溅。当老女妖把嘴贴在洞口上要喝格雷乌恰努的血的时候，铁匠把烧红得像火似的铁像塞到她的嘴里，插进她的喉咙。她一吞下去，铁像立刻就爆炸了。没过多久，老女妖的尸体就变成一座铁山。他们就这样杀死了老女妖。

因为这伟大的胜利，铁匠打开铁匠铺的门，在外面庆祝了三天三夜。得到那座铁山，更使他欣喜若狂。这时，他命令其他铁匠为格雷鸟恰努打造一辆四轮铁马车和三匹铁马。打造好了以后，铁匠冲铁车和铁马吹了一口气，它们立刻就变成活的了。

格雷鸟恰努和他的结拜兄弟、世界上最好的铁匠告别以后，就和他弟弟登上四轮马车，动身到皇帝那儿领赏去了。

他们走哇，走哇，来到一个十字路口。他们在那儿停下来休息。后来，格雷鸟恰努从四轮马车上解下一匹马，让他弟弟骑上先走，以便把他凯旋的好消息报告给皇帝。他自己则靠在四轮马车上，慢慢地向前走着。他从一个专门拦截行人的瘸腿魔鬼身边走过去。这个魔鬼不敢跟他作对，但是因为本性难改，魔鬼不甘心让格雷鸟恰努平平安安地过去。于是，魔鬼偷偷把四轮马车后车轴上的辖钉拔下来，扔到老远老远的地方。

然后魔鬼对格雷鸟恰努说："我说兄弟，你车上丢了一个辖钉，你快去找找吧。"格雷鸟恰努跳下车，无意中忘了带他的弯刀。当他去找辖钉的时候，魔鬼偷了他的弯刀然后翻了三个跟头，变成一块大石头停在路边。

格雷鸟恰努把找回的辖钉安在车轴上，把它固定好，然后上了车，又上路了。这时，他并没有察觉他的弯刀丢了。

皇帝的一个坏心眼的大臣早就答应过魔鬼，要是魔鬼帮助他得到皇帝的女儿，那么，他就把他结婚后生的孩子送给魔鬼。魔鬼知道，格雷鸟恰努的力量全在这把弯刀上，没了弯刀他就和普通人一样了。于是，魔鬼偷了弯刀，并把刀借给了那个坏心眼的大臣。

这个大臣拿着弯刀来到皇帝面前，说他就是那个胜利者，要求皇帝把女儿许配给他。

看到那把弯刀，皇帝相信了他，于是就准备让他和自己的女儿结婚。正当皇宫里为皇帝的女儿和那个自称从妖怪那里夺回太阳和月亮的假勇士准备婚礼的时候，格雷鸟恰努的弟弟带来了他哥哥马上就要到达的消息。

这个狡猾的大臣一听到这个消息，马上就去见皇帝，说格雷鸟恰努的弟弟撒谎，应该把他关进监狱。皇帝照他的话办了。因为这个大臣心里有鬼，他便催促皇帝立刻就举行婚礼。他的小算盘是，只要他和皇帝的女儿一结婚，即便一百个格雷鸟恰努来了也无济于事，因为生米已经煮成熟饭。然而，皇帝不愿意仓促举行婚礼，他希望一切事情都**按部就班**①地进行。

不久，格雷鸟恰努就到了。当他来到皇帝面前的时候，皇帝却为难了。他认为格雷鸟恰努是胜利者，但是，他不明白，为什么格雷鸟恰努的弯刀会在大臣的手里。这时格雷鸟恰努才发现他的弯刀丢了。他现在才突然想起，当他找到车轴上的辖钉回到车上的时候，为什么路边会突然有一块大石头？他想这里面肯定有鬼。

"英明的皇帝，"他说，"全世界的人都说您是一位正直的人，

---

①按部就班：按照一定的条理，遵循一定的程序。

请您对我也要公正。我知道您等了很久了，请您再等一等，要不了多久您就会亲眼看到真相了。"皇帝同意再等一等格雷乌恰努。格雷乌恰努又登上那辆铁马拉的铁车，一口气跑到魔鬼拔掉他车轴上的辖钉并且变成大石头的地方。

"你这个卑鄙的害人精，"格雷乌恰努说，"快把我的弯刀还给我，要不然我就把你砸个稀巴烂。"

可是，大石头一动也不动。

于是格雷乌恰努翻了三个跟头，变成一根钢狼牙棒立刻就向大石头撞去，撞得大地都震动了。每撞一次，就从大石头上掉下一块石头。他撞啊撞啊，最后把大石头的上部都撞碎了。后来，大石头突然开始颤抖并请求饶恕。狼牙棒撞得更急了，最后把大石头撞成了粉末。格雷乌恰努在那堆粉末中找到了被魔鬼偷走的那把弯刀。

他拿起弯刀，一刻也没休息，又来到皇帝面前。"陛下，我的事儿做完了，"他说，"我可以向任何人证明我的本事。您可以把试图欺骗您的那个无耻的大臣叫来。"皇帝把那个大臣召来了。当那家伙看见格雷乌恰努紧锁着眉头的时候，吓得直打哆嗦着请求饶恕，并且说出了格雷乌恰努的弯刀是怎么到了他的手里。

由于格雷乌恰努的请求，那个大臣得到了皇帝的赦免，但是被命令必须离开帝国。后来，皇帝把格雷乌恰努的弟弟从监狱里放出来，并且为格雷乌恰努和他的女儿举行了盛大的婚礼，婚礼持续了整整三个星期。

装两个铜子儿的小钱袋

　　从前，有一个老太婆和一个老头儿。老太婆有一只母鸡，老头儿有一只公鸡，老太婆的母鸡每天下两次蛋，她吃了许多鸡蛋，但是她从来不给老头儿吃，有一天，老头儿实在忍不住了，说："喂，老伴，你老是一个人吃鸡蛋，你也给我几个鸡蛋吧，至少也让我尝尝。"

　　"那可不行，"老太婆非常抠门儿，"要是你想吃鸡蛋，那你就打你的公鸡，它就会下蛋了，你也有得吃了。我就是这样打我的母鸡的，你看它下了多少蛋。"

　　老头儿是舍不得打他的公鸡的，但是，公鸡听了这些话，伤心地从家里走了，茫然地在路上流浪。当它正在路上走着的时候，突然发现一只装着两个铜子儿的小钱袋。它一发现小钱袋，便叼在嘴里，转

身朝老头儿的家走去。

在路上，公鸡遇到一辆载着一位老爷和几位太太的轻便马车。老爷发现公鸡的嘴里有一只小钱袋，就对马车夫说："喂！你下去看看，看看公鸡嘴里叼的是什么。"

马车夫连忙从车上跳下来，从公鸡嘴里把小钱袋夺下来，把它交给了老爷。老爷接过小钱袋，把它装进兜里，坐着马车走了。

公鸡很生气，它没有善罢甘休，而是跟在轻便马车后面，不停地说："咕咕哩咕！大老爷，还给我装两个铜子儿的小钱袋！"

老爷发火了，当轻便马车走到一口井前面的时候，他对马车夫说："喂，你去抓住这只不要脸的公鸡，把它扔到井里去！"

马车夫又从车上跳下来，抓住公鸡，把它扔到井里。面对如此巨大的危险，公鸡可怎么办呢？它开始不停地喝水，喝呀，喝呀，最后把井里的水全喝干了。后来，它从井里飞出来，又跟在轻便马车的后面，说："咕咕哩咕！大老爷，还给我装两个铜子儿的小钱袋！"

看到这种情况，老爷大为惊奇，说："让这只公鸡见鬼去吧！算了！我说公鸡，我会狠狠地收拾你的！"

一到家，老爷就吩咐一个做饭的老太婆，让她把公鸡抓住，扔进满是炭火的烤炉里，再用一块大石头把炉口堵起来。这个狠心的老太婆按照她主人的话做了。烤炉里的公鸡开始往外吐水，把从井里喝的水全都吐在炭火上，直到把火完全熄灭并把烤炉弄凉了为止。不仅如此，它还把屋里变成了一个大水塘，这可把做饭的老太婆气坏了。然后，它推掉炉口的大石头，从烤炉里平安无恙地走出来。它跑到老爷的窗前，开始用嘴啄起玻璃窗，说："咕咕哩咕！大老爷，还给我装两个铜子儿的小钱袋！"

"哎呀，我怎么就摆脱不了这只该死的公鸡？"老爷吃惊地说，"马车夫！你把它给我弄走，把它扔到牛群里去，说不定哪头愤怒的公牛会用犄角把它顶死，那我们就能摆脱它了！"

马车夫抓住公鸡，把它扔进牛群里。这时，公鸡可太高兴了！它把所有的公牛、母牛和小牛都吞了下去，肚子撑得大大的，活像一座大山。然后它又来到老爷的窗前，冲着太阳展开翅膀，把老爷屋里的阳光全遮住了，又开始说："咕咕哩咕！大老爷，还给我装两个铜子儿的小钱袋！"

看到公鸡这么吵闹，老爷简直不知道怎么办才好。

老爷左思右想，终于想出一个主意："我要把它扔到钱箱子里，它要是吞金币，准会有一枚金币卡在它的喉咙里，那样就会把它憋死，我们就能摆脱它了。"

老爷说干就干。他抓住公鸡的一只翅膀，把它扔进钱箱子里。这个老爷有数不清的钱，公鸡便贪婪地吞起金币来，把钱箱子里所有的金币都吃光之后，它从钱箱子里出来了。公鸡又走到老爷的窗前，开始不停地说："咕咕哩咕！大老爷，还给我装两个铜子儿的小钱袋！"

老爷真拿它没有办法，就把小钱袋扔给了它。公鸡从地上捡起小钱袋就走了，不再打扰那位老爷。看到公鸡这么勇敢，老爷家鸡舍里的鸡都跟着它走了，就好像是送它去参加婚礼似的。而悲哀的老爷呢，他伤心地看着他的那些鸡全都走了，只好叹息道："你们这些瘟鸡都滚吧，我总算摆脱了这场灾难！不过，这里面肯定有鬼！"

公鸡神气地走着，那些鸡跟在它后面。走哇，走哇，一直走到老头儿的家。一到大门口，公鸡就唱起来："咕咕哩咕！咕咕哩咕！"

老头儿听到公鸡的叫声，高兴地从屋里走出来。他往大门那儿一看，他看见了什么？他的公鸡变得太吓人了：就是大象站在这只公鸡的旁边，你也会感到它小得像一只跳蚤！公鸡后面还跟了一大群鸡，多得简直数不清，它们一只比一只漂亮，鸡冠子一只比一只好看，鸡毛一只比一只华丽。老头儿看到他的公鸡这么大、这么肥，又有一大群鸡围着他，就给它开了门。这时，公鸡对他说："主人，快在院子里铺上一条毯子！"

老头儿很快就把毯子铺好了。这时，公鸡趴在毯子上，使劲儿地拍打着翅膀，老头儿的院子里和果园里一下子就都是鸡和牛了。它又吐出一大堆金币，那些金币在阳光下闪闪发光，晃得人眼睛都睁不开！老头儿看到这么多钱财，乐得不知如何是好，于是便不停地抚摩他的公鸡。

这时，老太婆突然冒了出来，她一看到院子里有这么多钱财，眼睛里立刻闪出凶光，气得咬牙切齿。

"老头儿，"她说，"你也给我一点儿金币吧。"

"你死了这条心吧，老太婆。你还记得我管你要鸡蛋的时候，你是怎么回答我的吗？"

老太婆生气地走到鸡窝跟前，抓住母鸡，揪着它的尾巴，把它揍了一顿。可怜的母鸡一挣脱老太婆的手，就跑到大路上去了。当母鸡在大路上走着的时候，它找到一个小玻璃球儿，并把它吞了下去，然后连忙跑回老太婆的家里，在大门口它就"咯嗒咯嗒"地叫起来。老太婆以为母鸡又要下蛋了，高兴地走出来迎接她的母鸡。母鸡飞过大门，从老太婆身边跑过去，在鸡窝里趴了大约有一个小时，才"咯嗒咯嗒"地从鸡窝里跑出来。

这时，老太婆跑到鸡窝跟前，想看看母鸡给她下了什么。她往鸡窝里一看，母鸡只给她下了一个小玻璃球儿！老太婆觉得母鸡捉弄了自己，就抓住母鸡，打它，打呀打呀，直到把它打死为止。就这样，这个抠门儿的疯老太婆变得一贫如洗了。由于老太婆无缘无故地把可怜的母鸡打死了，从此以后，她再也吃不到鸡蛋，只好忍饥挨饿了！

可是，老头儿却变得非常富有，他盖了很多高大的房子，建了许多漂亮的花园，日子过得很舒服。因为可怜那个老太婆，他就雇她给他喂鸡。而那只公鸡呢，不管到哪儿去，老头儿都带着它，还给它戴上金项链，穿上小黄靴子，你看了一定会认为它不是一只可以用来做汤的公鸡，倒像是马戏团里一个漂亮的小丑呢！

欧洲民间故事
OUZHOU MINJIAN GUSHI

阅读小练笔
YUEDU XIAOLIANBI

一、选择题。

1.《金苹果》中,普列斯列亚被他的哥哥们所记恨的原因是(　　)

A.普列斯列亚吃到了哥哥们没有吃到的金苹果。

B.普列斯列亚比哥哥们更勇敢。

C.普列斯列亚抓到了小偷,得到了皇帝的奖励。

D.相比两个哥哥,普列斯列亚更受皇帝的喜爱。

2.《金苹果》中,普列斯列亚最后和(　　)结了婚。

A.三姑娘　　　　　　　　　　B.大姑娘

C.二姑娘　　　　　　　　　　D.邻国公主

3.下列对《格雷乌恰努》内容的理解不正确的是(　　)

A.皇帝很忧愁的原因是一群妖怪把太阳和月亮偷走了。

B.能够把太阳和月亮从妖怪那里夺回来的人就可以娶皇帝的女儿为妻,同时还
　将得到他的半个帝国。

C.格雷乌恰努一个人出发去找妖怪,并且在铁匠的家里制订了计划。

D.格雷乌恰努的结拜兄弟是世界上手艺最好的铁匠。

4.下列对《装两个铜子儿的小钱袋》的叙述错误的是(　　)

A.吝啬的老太婆有一只母鸡,但是她从来不会给老头儿吃鸡蛋。

B.老头儿的公鸡因为不能给老头儿带来鸡蛋,伤心地走了,后来它捡到了一只
　装着两个铜子儿的小钱袋。

C.公鸡得到的装着两个铜子儿的小钱袋被老太婆抢走了。

D.老太婆的母鸡最后被老太婆打死了。

二、填空题。

1.《金苹果》中偷金苹果的小偷是悬崖下的（　　　），被（　　　）射伤了。

2.普列斯列亚在哥哥们把绳子放下来拉他的时候，往绳子上系了一块（　　　），并且把他的（　　　）放在上面。

3.格雷乌恰努和他的弟弟约定，要是头巾先从边上坏，那么他们（　　　），如果头巾（　　　），那么有一个人已经死了。他们又在地上插了一把刀，要是发现（　　　），就意味着另一个人已经死了。

4.格雷乌恰努翻了三个跟头，变成一只（　　　），被妖怪察觉到了后，又翻了三个跟头变成一只（　　　），听到了妖怪们商量的情况。

三、判断下列说法是否正确，正确的画"√"，错误的画"✕"。

1.普列斯列亚抓小偷时，在自己的前面和后面插了两根尖桩，不管他往前倒还是往后倒都会扎到他，以此来保持清醒。（　　　）

2.普列斯列亚救了一只小鹰，小鹰为了报答他，将他带到了悬崖之上。（　　　）

3.《格雷乌恰努》中，妖怪们去绿色森林打猎回来的时间都是在黎明。（　　　）

4.《装两个铜子儿的小钱袋》中，公鸡从老爷的家里带回了许多财富给老头儿。（　　　）

四、简答题。

1.普列斯列亚的两个哥哥的结局是怎样的？

2.格雷乌恰努的弯刀是怎么丢失的？他又是如何找回的？

欧洲民间故事 OUZHOU MINJIAN GUSHI

匈牙利民间故事

阅读小贴士

　　匈牙利位于欧洲中部，是一个有着悠久而灿烂的历史文化传统的内陆国家。作为民族文化宝库的一个重要部分，匈牙利民间故事同其他文化分支一样，在吸收外来优秀文化、相互借鉴相互渗透的同时，始终保持着本民族的鲜明个性。这些故事体现了匈牙利人民的心态和情趣，反映了他们对爱憎的道德标准，表现了他们大胆追求自由、民主和公正的理想境界和渴望过上幸福生活的愿望。

牧鹅少年马季

从前有一位妇人，她有一个儿子，名叫马季。马季是一个牧鹅少年。他养了十六只小鹅、两只母鹅和一只公鹅，总共十九只。

德布勒格有集市的那天，马季饲养的小鹅正好长大了。于是马季对母亲说："母亲，我这就把这些鹅赶到德布勒格集市上去卖。"

母亲却说："何必把鹅赶到那里去呢？在村里照样也能卖呀。"马季不听，母亲只好随他的便，并烤了一个大面包，给他路上吃。马季把三只大鹅留下，赶着十六只小鹅上路了。

他慢慢悠悠地赶着一群鹅来到德布勒格集市。当地的地主德布勒格老爷走到他跟前，责问道："你怎么敢说按市价把这些鹅卖给我呢？"

"你得出双倍价，低于这个价，哪怕是我亲爹也不行。"马季回答。

"哎呀呀，"德布勒格老爷说，"你这个该上绞架的无赖，好大的胆哪！告诉你，从来还没有人敢对我规定价钱呢！给你半价，怎么样？"

"不卖。我说过了，你得出双倍价。"

德布勒格老爷背后站着两个士兵，他向士兵下了一道命令："把这个该死的家伙抓起来，押回府去。这些鹅也一起赶回去。"

士兵把马季带到德布勒格老爷府里。他们不仅把马季的鹅统统没收，还狠狠打了他二十五棍。他们对他说，这是付给他的鹅钱！

马季从鞭笞①罪犯用的长凳上直起身子，说："好极了！为此，我要老爷你付出三倍的代价！"

德布勒格老爷听后勃然大怒，对士兵说："把这个流氓给我抓起来，再打他三十棍！"士兵们抓住马季，把他摁在长凳上，又狠狠揍了他三十棍，然后才把他放了。马季朝外走时，嘴里虽然不再吭声，却暗下决心要加倍报复。

几年时间过去了，马季在外地到处流浪，但他心里那口气一直未消。一天，他回到家乡，正好听说德布勒格老爷正在大兴土木，建造新的宅院。马季于是换上木匠的衣衫，来到德布勒格老爷的府邸。这时，新宅院刚建了一半，旁边还堆放着木料，被刨得光光滑滑、整整齐齐。马季走过去，摆出木匠师父的架势量木料。

德布勒格老爷发现自己宅院来了个陌生木匠，便走出来询问他是什么人，来这里干什么。

---

①鞭笞（chī）：用鞭子打或用板子打。

马季说："我是个外地木匠，能做一手好活计。"

德布勒格老爷正为盖新宅院的事发愁，便问："这些木料好不好？"

木匠说："房子盖得倒还不错，可惜这些木料太差劲啦。"

德布勒格老爷在盘算怎样补救，末了，他对木匠说："我有一座森林，里面有的是上等木材。要是这些木料盖房子不合适，你就跟我一起进林子去挑选木材吧！"

德布勒格老爷立刻命令上百名仆人拿着斧子到林子去。他自己同木匠坐一辆马车也跟着去了。

他们走进密林，越走越深。木匠在四处寻找适合盖房子用的木材。他在树干上做了记号，吩咐一百名手持斧头的仆人把有标记的树全砍下来。

木匠同德布勒格老爷接着往密林深处走去。最后，他们来到一个深谷，这里连仆人伐木的声音也听不到了。他们找到一棵大树，木匠指着大树对德布勒格老爷说："老爷，你量量这树有多粗，兴许这棵树最合适。"德布勒格老爷用双手抱着大树，看看是否够粗。马季等待的正是这个时刻，他冷不防从树的另一边抓住德布勒格老爷的两只手，再用细绳捆绑起来。他还用苔藓堵住德布勒格老爷的嘴，免得让人听到他的喊叫。然后，马季拿出牧鹅用的棍子尽情地抽打德布勒格老爷。末了，马季把德布勒格老爷口袋里的钱全掏光，装进自己的口袋里。临走前，他对那个只会睁大着眼、一句话也说不出来的老爷说："我不是木匠，我是马季。你还记得那个牧鹅少年吗，我就是牧鹅少年马季！我的鹅被老爷你抢走了，你不但不付钱，还打了我一顿。我还要来找你两次，因为我发过誓，要你付出三倍的代价，你还欠我两次打！"

说罢，他撇下德布勒格老爷，独自走了。那些伐木的仆人按照吩咐把树砍倒后，在原地休息等候德布勒格老爷和木匠回来。他们实在等得不耐烦了，便像猎人追逐兔子似的，满森林里奔跑。他们找了好半天，碰巧找到德布勒格老爷，却不见木匠的踪影。他们走到德布勒格老爷跟前，发现他已经判若两人，半死不活，连话也几乎说不出来。见到仆人，德布勒格老爷边呻吟边说："那小子不是木匠，是恶棍牧鹅少年马季，我没收过他的鹅群。可我记不起是什么时候的事了。他说，他还要来两次，而且还要揍我。"

他们拿来被单，把德布勒格老爷抬回家。德布勒格老爷被吓出一场病，卧床不起。他四处请医生，可是没有一个医生敢来给他治病。几天以后，这消息便传到马季耳朵里，他又想出一条妙计。

他换上医生的服饰，坐着马车，直奔德布勒格老爷居住的那个镇子。他住进一家旅店，装出一副医术高明的医生的派头。

他问店主："此地有什么新闻吗？"

"倒没有什么特别的新闻，只是德布勒格老爷病得厉害。谁能治好他的病，就能得到一大笔酬金。"

马季捻着两撇往上翘起的唇须说："我是医生，能治好他的病。"

店主喜出望外，立即派人给德布勒格老爷捎话，说是来了一位外地医生，包治百病，快派人来接他。

果然，德布勒格老爷派马车来接医生。医生来到病人身边，给他全身检查一遍，又观察了许久，摇摇头。德布勒格老爷望望医生，有气无力地说："你不认为我能痊愈，是吗？"

过了好一会儿，医生才回答："我尽力给你治吧。"

德布勒格老爷这才稍稍松了口气。牧鹅少年马季吩咐厨娘立刻去生火，烧洗澡水。然后，他把所有仆人全支使到森林去割草、挖树根。这样，屋子里除德布勒格老爷和牧鹅少年马季外，再没有别的人了。等所有的人都走了以后，马季抽出一根棍子，走到德布勒格老爷跟前，说："我这就给你治疗治疗吧！"他说着，用棍子把德布勒格老爷痛打一顿。德布勒格老爷吓蒙了，只是睁大着眼睛，却说不出话来。

"我不是医生，是牧鹅少年马季！"马季说。他翻遍德布勒格老爷的衣兜和抽屉，把能找到的钱统统拿走，作为鹅群的代价。

末了，他对德布勒格老爷说："我来过两次了！不过我还要再来一次！"

德布勒格老爷挨了一顿打，病情自然加重了。仆人扛回草和树根时，医生早走了，只剩德布勒格老爷一个劲儿地在哼哼。

"他不是医生，是牧鹅少年马季！"

德布勒格老爷又花了许多钱请医生，其中的一个医生居然把他的病给治好了。从此以后，德布勒格老爷总是随身带着卫兵，严加防范，不让牧鹅少年马季有机会接近他。可是，时间一长，德布勒格老爷又把这事淡忘了。

一次，镇子里又逢赶集日。牧鹅少年马季又想起该去找德布勒格老爷算账了。这次他打扮成一个马贩子，弄来一匹骏马，骑着马进镇子去了。他混杂在其他商人中间，到集市去卖马。

他把马卖掉后，在镇子里闲逛，左顾右盼，等候德布勒格老爷。在这个当儿，他听到有一个人在夸自己的马是附近跑得最快的。

牧鹅少年马季走过去，搭讪着说："真的吗？我正需要这样一匹马。要是你能照我的要求去做，我就把你的马买下来。"

"愿意听从你的吩咐。"

"那好，"牧鹅少年马季说，"你把马骑到大路上等着，看见德布勒格老爷坐着马车过来，你就大声叫喊：'我是牧鹅少年马季！'然后朝我指的方向疾驰，我以吹灭蜡烛为号。"

那个马贩子照着马季的话去做。他们在镇子边等了足足两个小时，德布勒格老爷果然坐着马车来了。马贩子策马跑到马车旁边，大声喊道："我是牧鹅少年马季！"

听到喊声，德布勒格老爷立刻说："快，快，车夫，快追上他！谁抓住这个恶棍，我就给谁两枚金币作为赏钱！喂，你们全都去追呀！"

车夫和卫兵全骑上马，追赶那个自称是牧鹅少年马季的马贩子去了。德布勒格老爷独自一人坐在车子里，看着他们去追逐。

这时，马季从容不迫地走到他身边，不慌不忙地对他说："那个人不是牧鹅少年马季，我才是牧鹅少年马季。"

一听这话，德布勒格老爷几乎晕倒在座位上。但是，马季依然给了这个快不省人事①的老爷以应有的惩罚，然后又从他的口袋里取走所有的钱，并告诉他说，这是最后一次了。

说完，马季就走开了，从此再也没有来找过他。

_____

①不省人事：指人昏迷，失去知觉；也指不懂人情世故。

头长鲜花的人

从前，在七个大洋的彼岸，第四十九个国家再过去的地方，有一位国王。国王的宫里有一个洗澡间。一天，国王清早起来去洗澡，却发现洗澡间澡盆里的水很少。第二天早上，他走进洗澡间，发现澡盆里压根儿没有水，澡没有洗成。他想，肯定是仆人们的过失，便把他们招来痛骂一顿。可是，仆人们却一再向国王申辩说，头天晚上，澡盆里是盛满了水的。于是，国王发出命令：派一名士兵在夜里看守澡盆里的水。

可是，一切全是徒劳。夜里又有人把水用掉了。

国王又想出另一个办法。他让人称好该放进澡盆的水的分量，然后倒入等量的巴淋柯酒来替代水，看看是谁在澡盆里洗澡。第二天早上，仆人发现澡盆里躺着一个英俊的骑士，他依然在熟睡着。骑士长得太俊美了，简直举世无双。他浑身上下全长着花，连头发上也绕着许多鲜艳的花朵。

仆人们趁头长鲜花的骑士还没醒来，便把这一情形大声地向国王禀报："我们逮住用掉水的人了！"

国王急着要去看个究竟，匆忙中只有一只脚来得及穿上靴子，另一只脚却光着。这时，仆人们已经把头长鲜花的人抓住了。

"你是谁？"国王问。

"我是众神之王。"头长鲜花的骑士回答。

根据国王的命令，仆人们先把他关进一个很大的地下室里。因为他犯下的罪行，不久后，他将受到这个国家的国王和邻国国王的惩罚。

国王有个刚满十岁的小儿子。当人们把头长鲜花的人关进地下室时，被他瞧见了。于是，他偷偷尾随进去，想仔细看看。

他隔着栏杆同众神之王交谈。"噢，多漂亮的大叔哇，"他对众神之王说，"我真想好好看看你呢！"

众神之王回答："只要你把我放出去，就能把我看个够。快回房间，去把地下室的钥匙找来，我就把这顶鲜花帽子送给你。"

要知道他的衣服、帽子和鞋子全长满鲜花呀！

孩子回宫去了。在王宫里，人人都在忙碌着，没人顾得上关心他在干什么。他到处找钥匙，最后在柜子顶端找到一把用皮带串起来的钥匙。他把钥匙绑在木棍上，再把木棍伸进栏杆，插进地下室门上的锁孔。他终于把门打开了。众神之王对他表示感谢，并向他展示自己的身躯。

正当他看得出神时，众神之王忽然消失了，而那根绑着钥匙的木棍还留在栏杆中间呢。

过了不久，国王的顾问和邻国的国王们相继到齐了，他们对那个头长鲜花的人都非常好奇。他们是来惩罚他的，因为他竟敢偷偷跑到国王的澡盆里洗澡。他们怀着莫大的胜利感走进地下室，却发现那里已空无一人。但是，在栏杆中间却搁着小王子用过的那根木棍。

国王由此断定，一定是自己的儿子放走了头长鲜花的人。国王一怒之下，立刻吩咐车夫备车，把王子送到遥远而陌生的国度，交给王子的教父管教。国王不愿意在自己王国内见到王子。

国王给了王子许多钱，还派一名随从伺候他。

车夫备好一辆四匹马拉的车，还带了一些吃的，他们就这样动身前往那个陌生的国家。他们走了好一阵子，当离开国王的国土时，那个狡猾的随从竟然想出一个十分可怕的主意。他想，要是把王子杀掉，他充当王子，岂不美哉。

于是，他冲车夫叫喊："喂，停下！"

车夫把车子停住，随从将他叫到一旁，把自己的想法告诉他说："咱们把王子杀了，你看怎么样？我来当王子，你来当随从，然后咱们把王子身上的钱全分了。这主意不坏呀。"

王子听到他们的商议，伤心地哭了起来，恳求他们别杀害他，他愿意给他们三百枚金币。

他们总算同意饶他一命。但是，走了一程，随从又向车夫提出："咱们把王子杀了吧？"

王子听见他们的商议，只好再恳求他们饶恕他这条无辜的性命，并答应给他们六百枚金币。这次他们勉强同意，接着往前赶路。

可是，当他们傍晚来到一条大河边时，随从又提出：他们不能再放过王子了，得把王子扔进河里。

现在，王子终于明白随从要杀害他的原因，于是便恳求随从跟他调换身份，只要他们肯饶他一命，他愿意让随从当王子，车夫当随从，而他本人当车夫。

随从同意了。他要王子对天起誓，不向任何人泄露调包的事。他们从王子身上扒下华丽的服饰。随从穿上王子的衣服，把自己的衣服给了车夫，而王子得到的是车夫的衣服。

他们继续往前赶路，终于到了一个陌生的镇子，来到居住在那里的国王——也就是王子的教父的王宫。他们把车子停在宫门口。随从把自己装扮成王子，车夫把自己说成是随从，他们把真正的王子当车夫打发到马厩里去。

老国王设宴为自己的教子洗尘，还请来乐队演奏。他们好吃好喝，尽情娱乐，还盘算着以后每天如何享乐。

时间就这么一天天过去。老国王非常客气地款待着那个随从，把他当作自己的教子。而那个装扮成王子的随从也尽情地享受这一切。

在这期间，被迫装扮成车夫的王子耐心、尽职地干着马厩里所有的活。晚上，每当干完活，他便坐在门口，取出笛子吹起来。他的笛声美妙动听，连住在深宫里的老国王也一再询问，是谁笛子吹得这么好，他想见见吹笛子的人。但是，穿着王子服饰的随从却轻蔑地回答说："哼，他只不过是一个狡猾的家伙，一个骗子！让他跟我们一道来，我们都感到羞耻。"

说完，他走进马厩，命令王子不许再吹笛子，否则就让他吃苦头。真正的王子沉默了，只好不再吹笛子。可是，老国王一直惦记着吹笛子的人，因为他非常喜欢听笛声。

一天，国王又问："那个吹笛子的是谁？他现在在干什么？为什么不到我这里来，让我看一看他呢？"

　　"免了吧，尊敬的陛下，"那个随从说，"我说过了，那家伙只不过是个会扯谎的骗子。他竟敢撒谎说，他比国王更有能耐，因为他能牵来一头脖子上套着金绳索的小金牛，要是牵不来，他宁愿把自己吊在树上。"

　　老国王听后非常生气，觉得车夫太荒唐、太自大了。于是国王把他召来，对他说："喂，你这个只会夸下海口和撒弥天大谎的家伙，现在，你去兑现自己的诺言吧！快去牵一头小金牛来，不然就用绳索套住自己的脖子。"

　　王子听了非常犯难，但没有别的办法，只好动身去寻找小金牛。他满怀忧愁地走哇走，走到一条大河旁，也就是那个随从原本要把他推下去的那条河的岸边。王子寻思，这样活着有什么意思呢？于是便想纵身往河里跳。

　　正当他要往下跳的那一瞬间，有人向他叫喊："喂，你这不幸的人，你要干什么？"

　　王子循声望去，只见一个长得与众不同又非常漂亮的人站在岸边。王子向他倾诉自己是为了众神之王才陷入窘境，变成一个不幸的人。那人对王子说："啊，你认不出我了吗？我就是众神之王，也就是你说的那个头长鲜花的人哪！别发愁，把你的不幸全告诉我吧！"

　　于是，王子便把自己出来的原因告诉他。到哪儿才能找到小金牛呢？这可难不倒众神之王。他拍了拍王子的脊背，刹那间，王子便渡过了大河。他又把王子喊住，告诉王子一直往前走，直至走到一座宫殿的门口，就会找到一头用金绳拴住的小金牛。

欧洲民间故事
OUZHOU MINJIAN GUSHI

果然如此。王子在一座宫殿门口看到了一头用金绳拴着的小金牛。王子解下金绳，牵着金牛返回老国王的王宫，径直走到老国王面前，说："尊敬的陛下，我把小金牛用金绳索来了！"

"谢谢你，孩子。我会通知你前来参加宴会的，到时候咱们再好好聊一聊。"

王子在等候着老国王的邀请。但是，那个随从就是不把老国王的请柬转交给他。

一天晚上，王子忘记了不准吹笛子的禁令，竟然吹起了笛子。于是，老国王又让那个随从去把他召进宫来吹笛子。随从走进马厩，狠狠揍了王子一顿，强迫王子闭嘴，不准再吹笛子，不然就要他的命。

那个随从回到老国王身边，对老国王说："尊敬的陛下，那个说谎的家伙不肯来！他大言不惭地说，他既然能牵来小金牛，当然也能牵来母金牛。他说他比国王更高明！"

于是，老国王便召来王子，给他下了道命令，要他立刻去把母金牛牵来。

现在，王子更加发愁了。尽管如此，他还是得动身去找母金牛。王子又来到大河畔。那个头长鲜花的人早已等候在那里，他对王子说："别发愁，我已经把一切安排妥了。你只管上路，在那座宫殿大门口，你会看见一头母金牛被拴在那里。"

果然，王子又从那里牵着一头母金牛回到老国王身边。"尊敬的陛下，我把你要的母金牛牵来了。"

"谢谢你，孩子，过一会儿我派人去接你。"

但是因为随从的阻拦，王子又只能徒劳地恭候老国王的邀请。

一天晚上，王子坐在马厩门口，又吹起了笛子。那个随从又来到马厩，把王子揍了一顿，原因是王子胆敢再吹笛子。

然后，他又去见国王，说："那个只会夸夸其谈的说谎的家伙又说大话了。他说他能把公金牛牵来！"

国王又召来王子，命令他马上去把公金牛牵来。王子又忧心忡忡地上了路，当他来到大河畔时，又看见那个头长鲜花的人。王子又把自己的不幸向他诉说了。

"没关系，"头长鲜花的人说，"别发愁。你救过我，我也要解救你。"

他把王子领到自己的王宫，给王子穿上漂亮的服饰，还送给王子一对鸽子。一只站在王子的左肩，另一只站在王子的右肩。众神之王教导王子：径直到老国王的王宫去，那里正在大宴宾客。王子可以坐在宾客中间，等乐声一停下来，就大声说："请各位静听，这两只鸽子会把实情告诉你们！"

王子依照众神之王的话去做。王子回到老国王的王宫，把牵来的公金牛拴在王宫大门的柱子上，自己则径直朝王宫的大殿走去。

果然，那里正举行盛大的宴会。王子勇敢地走进大殿，当音乐停顿时，他要求大家静下来，倾听一桩闻所未闻的千古奇冤。

他自己也站着等待奇迹的出现。这时，两只鸽子开口说话，把王子的遭遇对大家叙述了一遍。从王子如何拯救头长鲜花的人开始，说到王子如何被父王撵出王宫，那个随从和车夫如何设法陷害王子，王子又如何被迫同意调包，等等，从头至尾叙述一遍。那个随从和车夫听了，立刻想躲起来。可是已经来不及了，老国王下令把他们抓起来关进了牢房。

老国王走下宝座，拥抱并亲吻王子。不久，老国王又把公主许配给王子做妻子，并举行了盛大的喜宴。

马加什国王和少年

马加什国王有一个女儿。这姑娘懒得出奇，连一点儿针线活都不愿干。

秋季的一天，一个寡妇的儿子牵着他们家的四头牛出去耕地。那四头牛不用他领着，也不用他赶着，都自动地干它们的活。

从那里路过的马加什国王正在观看这一情景，惊叹这小伙子竟能把他的牛训练得如此服服帖帖。

"你好哇，我的孩子。"马加什国王说。

"你好，陛下。"

"耕地呀？"

"是呀，是在耕地。"

"不用牵牛的，也不用赶牛的？"

"它们不需要鞭子，因为不听从说好话的人，也不会屈从于鞭子。"

"天哪，你说得对呀：不听从说好话的人，也不会屈从于鞭子！听我说，孩子，我有个女儿，一点儿针线活都不肯做，你认为你能教她改掉她的毛病吗？"

"我肯定能，陛下。"

当姑娘被带到年轻人的家后，她干脆坐到墙角里一个劲儿地来回摆弄自己的大拇指。

于是，少年索性让她坐在那里，不给她吃的，并且跟她说："不干活，不管饭。"姑娘眼看不能再这样下去了，第二天一大早就开始清扫房间和厨房。这样，她得到了食物。从此以后，她再也不待到墙角了，而是自觉自愿地干活。

过了几个星期，马加什国王想，他该去看看女儿，顺便了解一下她在干什么。他把自己装扮成乞丐，希望这样更能满足自己的好奇心。

破晓时分，他来到少年的屋前，摘下帽子，开始在门外乞讨。

姑娘听见了，非但没有施舍东西给他，反而抄起扫帚在乞丐头上打了三下。

"你在这儿闲逛个什么劲儿呢？我是国王的女儿还得干活呢。不干活，就没有吃的。你要是干活，就会有吃的。"

国王一回到家，连忙告诉妻子："她不但没给我吃的，而且还用扫帚揍了我一顿。还说，如果我干活，就会有吃的，不用当乞丐了。"国王可喜欢女儿的转变了。

过了五六个星期，国王由王后陪着再去看望女儿，并把自己要去的事提前写信告诉少年，要他那天在家里等候。

一见到女儿，国王劈头就问："这小伙子打过你吗？"

"他从没动过我一个指头，也从没训斥过我。"

接着，马加什国王转向年轻人说："我的孩子，由于你教会她改过，她将成为你的妻子。"

阅读小练笔

YUEDU XIAOLIANBI

一、选择题。

1.马季为什么要报复德布勒格老爷?(　　　)

A.德布勒格老爷要求马季按照半价的价格将鹅卖给他。

B.德布勒格老爷不仅抢走了马季的鹅,还打了马季。

C.德布勒格老爷买了马季的鹅没有给钱。

D.德布勒格老爷不愿意用两倍的价格买马季的鹅。

2.马季为了报复德布勒格老爷,做了哪些事情?(　　　)

①马季假装木匠师父,在和德布勒格老爷一起去看木材时,打了他一顿并且掏光了他兜里所有的钱。

②马季装作一名医生,在给德布勒格老爷治病时,把他打了一顿,把能找到的钱都拿走了。

③马季装作马贩子,引开了德布勒格老爷的车夫和卫兵,打了他一顿,取走了所有的钱。

④马季让马贩子引开德布勒格老爷的车夫和卫兵,然后打了他一顿,取走了所有的钱。

A.①②③　　　　B.①③④　　　　C.①②④　　　　D.①②③④

3.《头长鲜花的人》中,随从为什么想杀掉王子?(　　　)

A.随从不想伺候王子了。　　　　　　B.随从想得到王子的钱。

C.国王让随从杀掉王子。　　　　　　D.随从想充当王子。

4.下列对《头长鲜花的人》的叙述不正确的是(　　　)

187

A.被迫装扮成车夫的王子耐心、尽职地干着马厩里所有的活。每当干完活，他就喜欢吹笛子。

B.王子在寻找金牛的路上，产生了轻生的想法，遇到了众神之王，众神之王帮助了他。

C.老国王给王子的请柬被随从拦截了，并且王子不得不去寻找一头公金牛。

D.王子揭露事实以后，随从和车夫被关进牢房。

二、填空题。

1.马季一共养了（　　　）只鹅，被德布勒格老爷没收了（　　　）只鹅后，还被他的仆从先打了（　　　）棍，后又打了（　　　）棍。

2.头长鲜花的人是（　　　），王子放了他，最后他用两只（　　　）帮助王子阐述了冤情，恢复了身份。

三、判断下列说法是否正确，正确的画"√"，错误的画"✕"。

1.马季被德布勒格老爷殴打和欺负后，决定让德布勒格老爷付出三倍的代价。（　　　）

2.《头长鲜花的人》中，王子被迫当了车夫，被打发到马厩里去了。（　　　）

3.头长鲜花的人只帮助王子牵走了小金牛和母金牛。（　　　）

四、简答题。

1.《头长鲜花的人》中，王子的父亲为什么要把王子送走？

2.读了《牧鹅少年马季》，你明白了什么道理？

欧洲民间故事 OUZHOU MINJIAN GUSHI

保加利亚民间故事

阅读小贴士

保加利亚位于欧洲东南部的巴尔干半岛东南部。保加利亚民间故事反映了本国劳动人民的精神面貌和愿望，赞美了劳动人民在生产、生活以及阶级斗争中形成的许多优良品质，同时富有幽默感，深刻讽刺了那些道貌岸然、贪得无厌、想要不劳而获的人。

装金币的口袋

　　一个老人到森林里去砍柴，看到一棵枯树，就挥动斧子把它砍倒在地。当他劈开枯树的时候，在树的空洞里发现了一个旧的皮口袋，里面装着满满的金币，他为自己交了好运而十分高兴。老人把木柴放到车上，把金币袋子挂在车辕子上，就赶着牛车回家了。

　　走在路上，老人心里想："我拾到了钱，可这片林子不是我的，那棵枯树也不是我的，我怎么能拿这种昧心钱呢？钱是别人的，不是我干活挣来的，我是个正派人，应该去找钱的主人，把钱交还给他。靠别人的钱是发不起家来的。"

　　正想着，迎面走来了一个衣衫褴褛的穷苦人，他一面走，一面神色慌张地叹息着。

　　"老哥，你从哪儿来？"那穷人问道。

"从林子里来，"砍柴老人回答道，"你有什么事吗？"

"你捡到了什么东西没有？"

"捡到了！"老人点了点头。

衣衫褴褛的人说："老哥，我有一头没下过崽的牛。可是家里穷得没法过了，只好下决心把它卖掉。早晨，我把它赶到市场上，卖了个好价钱，拿了钱往皮口袋里一塞，就往家走。不知怎么搞的，钱袋却在路上弄丢了。我发疯似的往回跑，但是哪里还能找得到钱袋的影子呀！"

"那不是吗？我把它挂在车辕子上了。"

穷人立即奔向皮口袋，伸手向里面一捞，抓起一把钱币看了看。但他的手像烫着了似的张了开来，让钱币掉落回了皮口袋。"这不是我的，"他说，"我的是白的，可这些是黄的。"

"奇怪，"砍柴老人沉思着说，"我找到的这些又是谁的钱呢？"

"别人偷来的！"穷人打断他说。

"谁会把这些钱放在那儿呢？"

"是些强盗。"

"强盗在哪儿呢？"

"在林子里。要不还能在哪儿？"穷人说完，就急匆匆地寻找自己的钱袋去了。

老人回到家里，整晚在床上翻来覆去睡不着觉。第二天清早，他用一根木棍挑着捡来的钱袋背在背上，动身到森林里去寻找那些强盗。在一个幽暗的山谷里，他发现了一片亮光——那是一堆篝火。

他向火堆走去，看到了十来个人。他们将一头绵羊剥掉皮，穿在木棍子上，正在火堆上转动着烧烤。

"早上好，朋友！"老人问候道。

"欢迎，欢迎，"这些山里人中的一个回答说，"老爹，你到这儿来有什么事儿吗？"

"我是来找强盗的。可别就是你们吧？"

"你弄错了，这儿没有强盗。"山里人的首领说。

"那你们是什么人呢？"

"我们是海杜特①。我们是为了保护穷人，惩罚人民的敌人，才离开家到山里来的。你坐下来休息休息，尝尝我们的烤羊肉吧。"这位首领邀请他道。

老人盘腿坐了下来，吃了羊肉，向东道主道了谢。离开时，他又问道："告诉我，兄弟们，哪儿能找到强盗？"

"在宫廷里能找到，那儿有的是强盗。"首领说。

老人起身走了。他走出森林，来到京城，直奔国王的宫殿。进去后，他见到了十来个大官。他们穿着绣金的衣服，正在商议朝政。

"早上好！"老人问候道。

"你来这儿干什么？"一个长白胡子的大官恼怒地说。

"我来找强盗。"

"什么？到这里来找强盗？"那个长白胡子的站了起来，眼睛里冒出了火星。

"我找那些藏起这个口袋的人，我是在一棵枯树里找到它的。"

"里面有什么？"那个大官瞟了口袋一眼。

---

①海杜特：保加利亚民族独立以前反抗土耳其占领者的农民游击队战士。

"金币！"

"有金币吗？"白胡子伸出了手，"给我拿过来！"他收起口袋，向他的同伴眯了眯眼，就把老人推出了门外。

"你，老头儿，"他说，"这儿没你的事了。你到王宫外面找强盗去吧！我们这儿都是最正直的人。我们给你把钱保存起来，直到你找到强盗为止，钱放在这儿很安全。过一年你再来取口袋吧！"

老人回家去了。整整一年的时间，他都在打听那些强盗。他没法找到他们。一年过去之后，他又去敲王宫的大门。那些大官依然在商量什么事情。

"一年过去了，"老人说，"请把金币口袋还给我！"

"一年是过去了，可是你，老头儿，你来迟了。"那个白胡子站了起来，"我说你过一年来，是让你在正好到一年的那天来。可是你是一年零一天来的。这就是说，你已经过期了，钱袋不属于你了。快走开！我们这儿很忙！"

老人走出王宫，摸了摸后脑勺说："海杜特说得很对，这儿的人是最可怕的，他们不但要抢，抢了还要骗呢。"

OUZHOU MINJIAN GUSHI
欧洲民间故事

穷人的正义

　　一个穷苦人靠制作陶器为生。他用陶土制作罐子、水壶和杯盘碗盏，把它们送进窑里烧得漂漂亮亮的，然后拿到远近村子里去卖，再换回些麦子。陶器师父有一匹瘦弱的马，他用它来拉车。

　　陶器师傅唯一的儿子伊凡乔，是个聪明而有胆识的小伙子。他十八岁那天，父亲在马车上装满陶制品，对他说："伊凡乔，孩子，你已经是男子汉，到了接替我的年岁了。你赶着马车去卖陶器吧！这样等你卖完回来，我又做好了新的。我也不想教你路上该怎么做，因为你有自己的脑子。我只告诉你一件事，你动身去的时候，要走上面的一条路，回来的时候，要走下面的那条路。平原上有个十字路口，回家的路上，走到那儿时，你应该抬起头，脸朝着月亮，伸出你的左手，朝左手指的方向走，就是你正确的路。如果向右走，你就会走到强盗窝里去。好啦，祝你一路顺风！"

伊凡乔赶着马车走了七天。第八天的清晨，他来到一个十分贫穷的乡村。村子里只有十来户是有钱的人家，村长和他手下那些长着胡子的乡丁专门吸农民的血，生活过得很阔绰。伊凡乔把马车卸了套，推到市场上，开始喊道："陶器——便宜卖！一碗麦子换一个花罐。"

谁也没出来买他的货，因为老乡们的麦子早已吃光了。卖陶器的年轻人没精打采地说："要是不离开，就得在这儿过夜了。"

夜晚，乡村的广场上有个老乡敲着鼓喊道："快来买呀，村公所的堆肥要出卖呀！沤了百年的陈肥真有劲儿啊，谁买谁不吃亏！"

"我去买下来吧！"伊凡乔自言自语地说，说完就朝村公所走去。

"你用什么买我们的百年陈肥呀？"村长问他。

"把我的马车和所有的陶器都给你们。"伊凡乔回答说。

"少了，"长胡子的村长摇了摇头，"还得加点儿。"

"我的瘦马也给你们！"卖陶器的人道。

村长向手下的九个乡丁问道："把这些用不着的肥料卖给他，你们看怎么样？"

"卖给他吧！"乡丁们说，"你拿走马车和那匹瘦马，驾着它好同老婆兜兜风。我们几个就分掉那些陶器，怎么样？"

买卖做成了，伊凡乔成了那堆百年陈肥的主人。他想了又想，拿它做什么呢？最后，他决定把它散发给穷人。他摸出自己最后的一个钱币，给了打鼓的人，要他再打一次鼓，通知村里的庄稼汉：谁家的土地不肥，可以免费拉走肥料，需要多少拉多少。于是，穷人们都驾着车来挖肥料。整整二十天的时间，老乡们才把那堆腐熟了的肥料拉到自己的地里。最后来了一个穷人，他挖肥料时，不料把铲尖碰断了。他扒开土一看，原来底下是一块平整的大石板。

"小心！"伊凡乔喊道，"我来看看石板底下有什么东西。"说着他弯下了腰。

他咬着嘴唇，把石板搬开，发现石板下面有一个银罐子，罐子里面装满了金币。

穷人们十分羡慕，村长和那些长胡子的乡丁却开始纠缠起伊凡乔来了。"我们是把肥堆卖给了你，可是石板底下的罐子没卖，当然是我们的。"他们不约而同[1]地说。

这时，挖走了肥料的穷人们站出来说公道话了。他们异口同声地喊道："银罐子该归小伙子。它是埋在肥料堆里的，谁也没有权利从他手里抢走。"

最后他们达成协议：银罐子留给村公所，而金币归伊凡乔所有。伊凡乔花钱买了一匹毛色像锦缎那样漂亮的马，他把金币装进新的褡裢里面，放在马背上，自己在马鞍上坐下来，向着回家的方向走去。照他父亲的嘱咐，他走的是下面的那条路。

在他还没有走远的时候，村长召集了那些长胡子的乡丁，并且嚷道："我们必须把那陶器匠儿子的金币夺回来！"

那九个乡丁都激动得拽起自己的胡子，差点儿只剩光下巴了。

"你们带上大弯刀！"村长命令似的嚷道。九只黑手向墙上伸去，取下了九把沉重的大弯刀，然后把它们系在自己的腰上。

---

①不约而同：没有事先商量彼此见解或行动一致。

"你们骑上最快的马，赶上那个带褡裢的年轻人，砍下他的头，鸡叫头遍时把那褡裢拿到我这里来！"

九个乡丁立即蹦出门外，冲进村公所那间用三把锁锁上的马厩，骑上那些最快的马，就消失在黑暗中了。

这时候，伊凡乔正无忧无虑地骑在马上晃悠，嘴里高兴地吹起了口哨。一轮明月高挂在天空，马儿在平坦的原野上缓缓前行。忽然，在他的前面出现了另一个骑士，他仿佛是从地底下冒出来的。他也是个年轻人，戴着和伊凡乔同样的帽子，有着一双明亮的黑眼睛，左手拿着一把板斧。

"到哪儿去呀，兄弟？"这个陌生人问道。

"我回家去。"伊凡乔答道。

"你愿意让我跟你一道走吗？"

"非常愿意！"伊凡乔回答道，"我真诚地希望有一个伙伴。"他们两人并辔而行，兴致勃勃地边走边聊，不知不觉走到了一个十字路口。

"现在该往哪儿走？"伊凡乔勒住了自己的马。他想起了父亲的话。就面对月亮伸出了左手。"往那边走，兄弟！"他说，"那边的路才对呢！"于是，他纵马向左边走去。

但那个外乡人却向右拐，用一种命令式的嗓音喊道："你跟我走吧！"

"等一等，兄弟！"伊凡乔说，"这条路上容易出事，从这儿走我们会走到强盗窝里去！"

"你跟着我，就算真有什么强盗也不用怕！"这外乡人一边说，

欧洲民间故事
OUZHOU MINJIAN GUSHI

一边挥起了他的那把板斧。伊凡乔只好顺从地跟在他后面走了。

他们走过平原，进入一片森林，整夜都在黑暗中行进。拂晓时，他们来到一个陌生的村庄。村子的街道上没有一丝灯光和一个人影。他们在一家酒店门前停了下来。店门竟然开着，可里面一个人也没有。他们在一张桌子旁坐下，把随身携带的干粮拿出来吃，并从酒店陶壶里倒了些葡萄酒喝了。伊凡乔打起了哈欠，他的伙伴对他说："兄弟，你躺下睡吧！我想到这村子里去看一看。"

伊凡乔在壁炉边躺了下来，而那一位则拿起板斧往外走了。他这儿瞧瞧，那儿听听，可是村子里的人似乎都消失了，到处是一片寂静。小伙子像一只鹿一样轻轻地迈着步子。忽然间，他冻僵了似的停住不动了。他屏住气息，听到近旁有悄悄说话的声音。这声音似乎是从某处地面下发出来的。他偷偷地朝说话的地方走去，看到了一处大圆坑，是坑里有人在说话。

"那陶器匠的儿子早就到酒店里来了！"第一个人小声说。

"他已经很疲劳了，他肯定会喝那葡萄酒，然后就会像死去了似的睡大觉。"第二个人小声说。

"个把小时以前我们就听见了马蹄声，现在他应该睡着了。"第三个人不耐烦地嚷道。

"是时候了，你们挨个儿往外走吧！"第一个人命令道。

伊凡乔的同伴紧握斧柄，向坑边走去。第一个强盗要走出坑了！他的脑袋刚冒出坑口，小伙子就挥起板斧砍了过去。"一次送命，何须补刀！"小伙子说完，这个盗贼的头颅就滚到了地上。第二个又出现了，他也遭到了同样的下场。接着来的是第三个、第四个、第五个……最后那个终于冒出了脑袋。

"你们在哪儿？"他环顾了一下喊道。可是伊凡乔的同伴一瞬间就把他结果了。

在这之后，小伙子回到酒店，喊醒了伊凡乔。"起来吧，"他道，"该动身了，我们还有很远的路要走。"他们骑上马，驰骋了一整夜，蹚过了九条河，翻过了八座山。来到一座大城市时，天色已黑了下来。他们住进市内最大的一家旅馆，吃了一顿丰盛的晚餐，就躺下睡觉了。

有一个凶残的国王在这个城市里作威作福。他得知旅馆里住进了两个来历不明的过路人，便派侍从去了解情况，看看他们究竟是什么人，从哪儿来，带了些什么东西。侍从们很快了解到了一切，他们告诉国王：过路人的褡裢里装的是金币，他们还带着一把板斧。凶残的国王听了，眼睛里几乎冒出了火星："我要留下他们的钱和脑袋，你们明天把他们请到宫里来。"

第二天，专给国王斟酒的侍从带着一大壶酒来到旅馆，并递上了国王的请帖。

"国王的宫殿漂亮吗？"伊凡乔问使者。

"还可以，过得去，不算十分漂亮。真正漂亮的是公主，世界上没有比她更美的人了。"

"噢，那我们去看看吧！"伊凡乔的伙伴跳起来说。

他们两人买了新衣服，刮了脸，修剪了小胡子，就到宫里去了。他们把钱留在旅馆里，用锁锁了起来。

国王向他们鼓掌表示欢迎，并吩咐用最上等的菜肴款待他们。当他们差不多要吃完时，国王又拍掌喊道："拿酒来！"

顷时，公主用木盘端着金酒壶出现了，她的出现使满屋增辉。伊凡乔简直惊呆了，因为他这一辈子还从来没见过这样的美人。公主把酒壶递给了伊凡乔，并用十分怜悯的眼神看着他，但她什么也没有说。众人在酒席旁坐下，品尝国王的美酒，伊凡乔依然诧异地注视着公主的神情和眼睛。

"你喜欢她吗？"国王问道。

"很喜欢！"伊凡乔答道。

"不如我把她许配给你做妻子？"

伊凡乔把目光转向自己的同伴。同伴对他低声地说："你就娶她吧！有我陪你，你什么也不用担心。"

于是，伊凡乔同公主举行了盛大的婚礼。众人兴高采烈地喝着喜酒，跟在伊凡乔身后的公主却暗中流下了眼泪，不住地用丝帕擦拭着自己的眼睛。在喜庆的日子里公主为什么要哭泣？因为她深知，这个小伙子的生命的最后时刻就要到来了。她的父亲曾经四十次将她嫁给各色各样的小伙子，并且每当她和新郎就寝时，他的父亲便会放出一条大蛇。蛇从锁眼里钻进新婚夫妇的新房，然后在新郎的眉宇间咬上一口。对于已经被咬死的那些皇亲国戚的子孙，公主并不十分动心。可是，现在轮到伊凡乔，她却感觉心都要碎了。

此刻，婚礼已经结束，歌手和乐师都已停息下来了。伊凡乔和新娘回到新房去休息，关上了那扇镀金的房门。而伊凡乔的伙伴却在新房的门槛边铺上了皮大衣，就地躺了下来。他将那把板斧枕在自己的头底下。

午夜过去了，伊凡乔和公主都已入睡。躺在门外的小伙子却两眼望着天花板，专注地观察着什么。王宫花园里的鸡叫头遍后，传来了一阵窸窸窣窣的声音。小伙子转眼一看，发现一条仰着头的蛇正在楼梯上爬动。于是，他闭上眼睛，假装睡着了。转瞬间，那条蛇从他胸前爬过，贴着门竖直了身子，它的头已往锁眼里钻了进去。小伙子立即跳起来，挥动板斧向蛇砍了下去。

"一次送命，何须补刀！"他喊道。

被砍下的蛇头落在了新婚夫妇的房间里，长满了鳞片的蛇身则滑落在他的脚前。

小伙子杀死了蛇，敲门叫醒了新婚夫妇，把他们带出了王宫。在国王醒来之前，他们赶到了旅馆，取出了褡裢，骑上马向森林疾驰而去。公主同伊凡乔骑在同一匹马上，紧张得像风吹树叶那样战栗着，伊凡乔在她耳边低低地说："有我忠诚的伙伴同我们在一起，你不用害怕！"

他们在森林和山野里奔驰了七天七夜，终于到达了伊凡乔的家乡。在进入村子之前，伊凡乔的同伴勒住马说："我就送你们到这儿了。你们回到陶器父亲的家里去吧！希望你们幸福地生活和堂堂正正地做人。再见吧！"

"我的好兄弟，请告诉我，你究竟是什么人？是谁派你一路上保护我的？"伊凡乔问道。

"我是人民的仆人，是我的母亲派我来保护你的，因为你给穷人做了好事。"

"请问你的母亲尊姓大名？"

"她叫穷人的正义。"说完这句话他就转身走了，并且很快消失得无影无踪。

"一个多好的人！"伊凡乔说。他带着公主，向陶器作坊策马而行，顺利地回到了家里。

两个邻居与贫穷

　　有两个人是邻居。一个是富人，家里有的是金银财宝；另一个是穷人，家里四壁空空，一贫如洗。一次，穷人去敲富人的院门，富人立即出现在院门口。

　　"有什么事？"他问。

　　"我到你这儿来是请求你给我点儿吃喝，我都快要饿死了。"

　　富人搔了搔后脑勺："吃的我什么也没有，喝的倒可以给你。屋檐下面有一满缸雨水，拿去喝吧，随便你喝多少。"

　　穷人感到十分屈辱，垂着头往家走。但他刚一迈步，就觉得背后有像猫走路那么轻的、难以分辨的脚步声。他转过身回头望望，却什么也没有见着。他又走了两步，依旧感到有脚步声跟着。

　　"嘿，谁像影子一样跟在我后面？"穷人不由得发问。

"是我！"一个看不见的同路人回答道。

"你是谁？"

"我是贫穷。"

"干吗老跟着我？"穷人不解地问道。

"因为你使我感到亲切和欢喜。"贫穷答道。

"贫穷啊，你什么时候开始跟着我的？"

"从摇篮里开始的。"

"你要跟着我到什么时候为止？"

"直到你进了坟墓！"贫穷答道。

这个可怜的人深深叹了一口气，但他什么也没有说。他回到家里，拿起锄头和锹，径直往墓地走去。到了那里，他默默地挖起土来。挖呀，挖呀，挖了一个深坑。然后他坐下来休息，深深地叹起气来。这时，一只看不见的手拍了拍他的肩膀，他耳边又响起了那个贫穷的声音："你挖这个坑干什么？"

"我要躺在里面，结束我的一生。"

"我也要和你躺在一块。"

"躺在哪儿？"

"坟墓里。"

"既然你要这样做，你就进去吧！"穷人高兴地嚷道。

接着他又问："贫穷，你进去了吗？你占够地方了吗？"

"我躺在坑底了。"贫穷在坑里回答道。

这时，穷人拿起锹，开始往坑里填土。等把贫穷埋葬之后，他就回家了。

从此，他开始拼命地干活，很快，他就时来运转了。一两年之后，他家里也开始变得富裕起来。那个富人看到他的邻居的生活一天天好起来，嫉妒得直冒怒火。一天，他在街上把先前的穷人拦住，询问他是怎样富起来的。

这个先前的穷人对他说了怎样把贫穷埋进坟墓里的经过。

"你把他埋进去了，"这个满腹嫉恨的人心想，"可我要把他挖出来，再把他引到你家里来！"

于是，富人扛着锄头到了坟地里。他向四周环顾了一下，高声喊道："贫穷，你在哪儿？"

"我在这儿！"贫穷从地底下发出沉闷的声音。

富人把坟墓挖开，贫穷立刻钻到外面来了。

"喂，"富人说，"快到你主人那儿去吧，他现在财大气粗，心广体胖。我希望你把他的家当全都败光。"

"我绝对不去，"贫穷回答道，"我再也不想到他那儿去了！"

"为什么？"

"因为他是一个忘恩负义的家伙，我跟着他这么多年，他却把我埋到地底下去了。"

"那你想到谁那儿去呢？"富人问他。

"到你那儿去，因为你把我从坟墓中挖出来，使我感到亲切和欢喜。"

于是，贫穷就紧贴上那个爱嫉妒的富人。只要他还没有拿起讨饭的棍子，贫穷就决不离开他。

阅读小练笔

YUEDU XIAOLIANBI

一、选择题。

1.下列不是伊凡乔在那个贫穷的乡村所做的事是（　　）

A.伊凡乔用他的马和马车还有陶器换了村公所的堆肥。

B.伊凡乔将他换来的百年陈肥免费散发给了穷人。

C.伊凡乔用自己最后的一个钱币让打鼓的人通知穷人们来拉肥料。

D.伊凡乔发现了肥料堆里的银罐子和金币，将银罐子送给了穷人。

2.下列对于伊凡乔的同伴的叙述，不正确的是（　　）

A.伊凡乔是在平原的夜晚遇到他的同伴的。

B.伊凡乔的同伴想带着他向右拐，去强盗窝，伊凡乔没有和他一起去。

C.伊凡乔在酒店里喝了酒睡着了，他的同伴将强盗全都杀掉了。

D.伊凡乔和他的同伴骑马驰骋了一整夜，蹚过了九条河，翻过了八座山，来
到一座大城市。

3.伊凡乔同公主举行婚礼时,公主为什么暗中流眼泪?（　　）

A.公主知道伊凡乔生命的最后时刻就要到来了。

B.公主不想嫁给伊凡乔却不得不遵守国王的命令。

C.公主害怕自己也会和伊凡乔一起死去。

D.公主不想和伊凡乔一起回到他的家乡去做陶器。

4.下列对《两个邻居与贫穷》的理解错误的是（　　）

A.当我们贫穷的时候，不应该怨天尤人，而要努力改变自己，摆脱贫穷。

B.穷人可以发家致富是因为他把贫穷埋进了坟墓，并且自身十分勤劳努力地

干活。

C.富人满腹嫉妒，最终只是害了自己，偷鸡不成蚀把米。

D.富人挖出贫穷，贫穷却不愿意去穷人那里了，最后富人又埋了贫穷。

二、填空题。

1.《穷人的正义》中，伊凡乔的父亲告诉他，在平原的十字路口，回家的路上，应该抬起头，脸朝着（　　　　），伸出（　　　　），朝着（　　　　）指的方向走。如果向（　　　　）走，就会走到强盗窝里去。

2.伊凡乔的同伴是个年轻人，戴着和（　　　　）同样的帽子，有着一双明亮的（　　　　），左手拿着一把（　　　　），他是（　　　　　　　），他的母亲是（　　　　）。

三、判断下列说法是否正确，正确的画"√"，错误的画"✕"。

1.在村长和乡丁们因为银罐子纠缠伊凡乔时，那些穷人们都站出来帮助伊凡乔说公道话，最后银罐子和金币都归伊凡乔所有。（　　　）

2.国王将自己的女儿嫁给伊凡乔是为了杀了伊凡乔得到他的金币。（　　　）

3.伊凡乔的同伴保护他是因为伊凡乔为穷人做了好事。（　　　）

4.贫穷是从人出生时就伴随着人的，这是无法改变的。（　　　）

四、简答题。

《装金币的口袋》中，你认为谁才是真正的强盗？

图书在版编目（CIP）数据

欧洲民间故事 / 靳瑞刚编；伍剑评注． -- 武汉：
崇文书局，2019.9（2023.6 重印）
（新编小学阅读书系）
ISBN 978-7-5403-5708-5

Ⅰ．①欧… Ⅱ．①靳… ②伍… Ⅲ．①民间故事－作
品集－欧洲 Ⅳ．① I507.3

中国国家版本馆 CIP 数据核字（2023）第 080659 号

责任编辑：王圆缘
责任校对：董　颖
责任印制：李佳超

欧洲民间故事

出版发行：长江出版传媒　崇文书局
地　　址：武汉市雄楚大街 268 号 C 座 11 层
电　　话：(027)87677133　　邮政编码：430070
印　　刷：武汉市卓源印务有限公司
开　　本：787mm×1092mm　　1/16
印　　张：13.75
字　　数：162 千
版　　次：2019 年 9 月第 1 版
印　　次：2023 年 6 月第 6 次印刷
定　　价：35.80 元

（如发现印装质量问题，影响阅读，由本社负责调换）

欧 洲 民 间 故 事
OUZHOU MINJIAN GUSHI

一起去探寻阅读的世界！

欧洲民间故事

OUZHOU MINJIAN GUSHI